罪な友愛

愁堂れな

幻冬舎ルチル文庫

CONTENTS ✦目次✦

罪な友愛

✦カバーデザイン=小菅ひとみ(CoCo.Design)
✦ブックデザイン=まるか工房

イラスト・陸裕千景子✦

罪な友愛

1

「あ……っ……や……っ……」

田宮吾郎《たみやごろう》の喘《あえ》ぎすぎて掠《かす》れてしまっていた声が、警視庁捜査一課勤務にして、警視という高い階級の刑事である高梨良平《たかなしりょうへい》の官舎の寝室内に響き渡る。

行為が始まってから一時間以上経過しており、田宮は既に二度達していた。

最早《もはや》彼の意識は半ばないような状態ではあるものの、両手両脚はしっかりと高梨の背に回っている。

専門商社に勤務する田宮は普段から多忙なのだが、この三日ばかり深夜残業が続き疲労困憊《ひろうこんぱい》状態となっていた。

が、同じく多忙だった高梨が四日ぶりに帰宅したために、無我夢中で抱き合ううち、我を忘れてしまったのだった。

明日の仕事に差し障《さわ》る。わかっているのに欲情にブレーキをかけることができない。気づいたときには自ら腰を突き出し、次なる行為をねだる素振りまでしてしまっていた。

「やぁ……っ……あっ……あっあっあぁ……っ」

高梨もまた疲れ果てているはずであるのに、彼の欲情も歯止めがかからなかった。四日ぶりに肌を合わせる田宮への恋慕が抑えきれず、なお一層彼を求めてしまう。

高梨も二度達していたが、彼の逞《たくま》しい雄は硬度を保ったまま、田宮の後ろを抉《えぐ》り続けていた。

疲れマラ。そんな単語がちらと頭を掠めた高梨だったが、田宮の意識が朦朧《もうろう》としているのに気づき、慌てて彼の片脚を離した。

その手で勃《た》ちきっていた田宮の雄を握り込むと、勢いよく扱《しご》き上げてやる。

「アーッ」

田宮が白い喉《のど》を仰《の》け反《ぞ》らせて達し、高梨の手の中に白濁した液を飛ばした。随分と量も少なく薄くなっているその感触を楽しみながら、高梨も田宮の中で果てる。

「あ……っ」

ずる、と雄を抜くと、田宮が息を乱しながらも、微《かす》かに声を漏らす。

ぞく、とするほど色っぽいその声音《こわね》に、焦点の定まらない瞳のゆらめきに、高梨の身体《からだ》の中で欲情の焔《ほむら》が立ち上った。

己《おのれ》の欲望のままに、再び田宮の両脚を抱え上げようとした高梨だったが、虚ろな目をした田宮に名を呼ばれ、はっと我に返る。

「良平……」

「大丈夫か、ごろちゃん」

薄い胸が大きく上下している彼は、苦しそうに見えた。いたいけなそんな姿を前に欲情している自分が情けない。あっという間に反省の心に囚《とら》われた高梨は、いたわりに満ちた言葉を愛《いと》しい恋人にかけ、彼の髪をすいてやった。

「水、飲むか？」

「……大丈夫。自分で……」

起き上がり、キッチンへと向かおうとする田宮の肩を押して再びベッドへと横たえると高梨は、

「待っとき」

と微笑《ほほえ》み、勢いをつけてベッドから降りた。

「大丈夫だよ」

まだ息も整っていないのに、帰宅時に高梨がここのところ殆《ほとん》ど寝ていないと告げたことを気にしているのだろう。田宮が尚《なお》も身体を起こそうとする。

「大丈夫やて。ほら」

田宮の心配を退けたくて高梨は敢《あ》えてふざけてみせた。己の、まだ萎《な》えきっていない雄をわざと指差しおどけた口調になる。

「元気やろ」

「馬鹿じゃないか」

関西人にとって『アホ』は良いが『馬鹿』は禁句というのが定説であり、高梨も例外ではない。が、唯一の例外が田宮の口癖でもあるこの『馬鹿じゃないか』なのだった。

可愛《かわい》くて仕方がない。少し照れて言われるとまた格別である。そう思いながら高梨は、

「馬鹿やないもん」

と尚もふざけると、田宮の喉を潤すミネラルウォーターを取りにキッチンへと向かったのだった。

関西人の定説を覆させるほど高梨の心を摑《つか》んでいる田宮の心もまた、高梨のものである。共に生活し始めて二年以上になるというのに、未《いま》だに新婚家庭そのもののラブラブっぷりを誇る彼らの出会いは、高梨の刑事という職業絡み——つまりは犯罪絡みだった。

田宮が巻き込まれた殺人事件の捜査担当が高梨であり、真犯人の陰謀で最有力容疑者とされていた田宮の無実を信じ、容疑を晴らしてくれた上で事件解決に導いてくれたのだった。

真犯人は里見《さとみ》という男で、田宮の十年来の親友だった。里見は田宮に対し、友情ではなく恋愛感情を抱《いだ》いており、田宮の同僚を殺害したのは愛情が歪《ゆが》んだ結果だった。

心身共に傷ついた田宮を癒《いや》してくれたのも高梨で、当初は高梨が田宮のアパートに転がり込む形で同居生活が始まったのだが、その後、今度は高梨を逆恨みする相手の手で田宮のアパートが爆破されるという事件を経て、今は高梨の官舎で同居生活を送っている。

田宮も高梨も相変わらず忙しい日々を送っており、二日三日顔を合わせないことはよくあった。

会えない気持ちが愛を育てる。大昔の流行歌の歌詞さながら、物理的に顔を合わせられない日が続いたあとは、常に過ぎるほどに互いを求めてしまう。

体力的には高梨のほうが勝るため、田宮に無理をさせることになるのを、高梨本人は酷《ひど》く気にしていた。

気にしているのなら加減を覚えるべきだということは彼自身も充分わかっているのだが、沸き起こる衝動を抑えることができない。

今夜もそんな自分に自己嫌悪を覚えながら高梨はミネラルウォーターのペットボトルを手に田宮の待つ寝室へと戻った。

「…………」

疲れ果てているらしい田宮は、水の到着を待たずに眠りについていた。彼を起こさないよう気をつけながら高梨は隣に身体を滑り込ませ、田宮を己の胸に抱き寄せる。

愛しい——この世に存在するありとあらゆるものの中で、これほどの愛しさを覚える対象はない。心の底からそう実感しつつ高梨は、規則正しい寝息を立てている田宮をそっと抱き寄せ、乱れた前髪が張り付く額《ひたい》に唇を押し当てるようなキスを落としたのだった。

翌朝、田宮が起きた時には、すでに隣で寝ているはずの高梨の姿はなかった。

もしや、と思いキッチンへと走る。

「おはよ」

田宮が予想したとおり、今日、休みであるはずの高梨は出勤する田宮のために朝食を作ってくれていた。

「ごめん、良平。俺、やるから」

なんてことだ。捜査明けにはゆっくり休んでほしいと思っていたのに。自分のために朝食を作らせるなんてこと、させたくなかった。

そんな田宮の後悔を見透かしたように高梨はにっこり微笑むと、

「ええて」

と自分に駆け寄ってきた田宮の腰を抱き寄せた。

「まだ、だるいんちゃう？　かんにんな。無理させてもうて」

「無理なんてしてないよ」

即答したものの、実際、腰のあたりに倦怠《けんたい》感が残っているのは事実だった。それが顔に出たのか高梨が、

「無理せんでええて」

と苦笑する。

「だから無理してないって」

口を尖《とが》らせた、その唇に高梨が、ちゅ、と音を立ててキスをしたあとこう告げた。

「シャワー、浴びたほうがええんちゃう？　遅れるで」

「……ごめんな、良平」

罪悪感を持て余す田宮を、

「はよ」

と高梨が促し、浴室へと向かわせる。

遠慮というより、互いを思いやる気持ち。相手を愛するがゆえに相手を気遣う気持ち。お互い共通している気持ちなだけに、高梨は田宮の罪悪感を払拭《ふっしょく》しようとし、田宮は田宮でそんな高梨の気遣いを申し訳なく思う。言葉にする前からそれがわかるだけに田宮も高梨も結局は口を閉ざし、田宮は仕度をするべく浴室に、高梨は田宮の食事を作るためにキッチンに戻った。

朝食の仕度を手伝おうと十五分という短時間でシャワーを浴び仕度を終えた田宮がキッチンへと戻ると、高梨は既に仕度を終え、田宮のために作った品々をテーブルに並べていた。

「卵かけご飯、食べたいな、思うてな」

大根の味噌汁《みそしる》とほうれん草のおひたし、それに塩鮭を焼いたという今朝の朝食を前に、田宮はまたも罪悪感に囚われそうになったものの、すぐ、それを態度に出さないほうがいいと判断すると、

「卵かけご飯、久々だな」

と高梨の提案を最高のものだと思っていることこそ伝えようと、笑顔でそう告げた。

「愛情を一ふり……って、味の素やけど」

ふふ、と高梨が茶目っ気たっぷりに笑い、生卵の入った容器に味の素を振りかける。

「馬鹿じゃないか」

またも口癖が出た田宮に高梨が愛しげな視線を向けてくる。その視線こそ愛情だと思いながら田宮は、恒例の『いただきますのチュウ』を――未だに田宮と高梨は新婚夫婦よろしく、挨拶《あいさつ》のたびにキスを交わしているのである――交わすと、この上ない幸せを感じつつ朝食を食べ始めたのだった。

今日は休みだという高梨に見送られ――言うまでもなく『いってきます』『いってらっしゃい』のキスは二人の間で濃厚なものが交わされた――田宮は会社へと向かった。

「おはようございます」

『いってきます』のチュウが濃厚すぎたせいで、到着が始業ギリギリとなってしまった田宮が挨拶をしつつ席につくと、隣の島からいつものとおり、やたらと明るい声音で後輩の富岡《とみおか》雅巳《まさみ》が声をかけてきた。

「おはようございます。田宮さん。なんか疲れてるみたいだけど大丈夫？」

田宮より四年後輩――とはいえ院卒であるので年齢は二つしかかわらないが――の富岡は、田宮に対し、恋愛感情を抱いていることをまるで隠していない。

富岡は田宮と高梨の関係を知っており、自分の気持ちが『横恋慕』であると自覚した上で、田宮へのアプローチを続けている。

それを綺麗《きれい》に田宮が無視するのもまた日常茶飯事なら、その富岡に対し、田宮の代わりに隣の席から金髪碧眼《へきがん》の外国人が声をかけるのもまた、日常茶飯事だった。

「雅巳、君はなんて心優しい人なんだ。先輩の体調を気遣っているんだね」

アラン・セネット。米国大企業の御曹司《おんぞうし》である。言ってはなんだが田宮の会社は『超一流』というほどの規模ではない。アランが望めばどのような大企業であろうが諸手《もろて》を上げて受け入れるだろうが、彼が敢えて田宮の社を選んだのはただ一人の社員のためだった。

その社員というのが、田宮にふられてもふられても横恋慕をし続けている富岡なのである。

アランは富岡のFacebookのプロフィール写真に一目惚《ひとめぼ》れをし、まず田宮の社の現地法人に入社、もともとない『ナショナルスタッフの逆出向』という制度を作ってまで田宮の——否、富岡のいる部にやってきた、実に恋愛体質の御曹司なのだった。

富岡も、それは押しの強い男なのだが、アランはそれ以上だった。しかも『御曹司』なだけにやることが大きい。

富岡がFacebookやTwitterで一言『久々に牛丼が食べたい』などとつぶやこうものなら、翌日の社員食堂のメニューはすべて牛丼、しかも肉は最高級のA5ランク、米は魚沼産コシヒカリなど、贅《ぜい》を尽くした牛丼となる。なぜなら既にアランが社食を買収しているためである。

富岡が逸注しそうな案件があれば、相手企業を買収してでも発注可能にする。富岡にアタリのきつい担当者が取引先にいればその社も買収し、担当者を異動させる。

もう怖くて何も呟《つぶや》けなくなる、と富岡が断固抗議したおかげで、最近はアランもおとなしくなったものの、隙《すき》あらば富岡の役に立とうと彼の一挙一動を見守っている。

文字通りアランは、社内のいたるところに監視カメラや盗聴器を設置し、富岡の行動を『見守って』いたこともあった。

トイレまで監視されていると知り、これもまた富岡が厳重注意した結果、トイレのカメラは撤去されたが、カメラ等なくともアランは常に自分の視界に富岡が入るようにと彼の傍《そば》に張り付いていた。

以前は富岡が隙を見せようものなら襲いかかってもきていたのだが、それは富岡に泣きつかれた田宮が仲裁に入り、やめさせた。

富岡がその気になるまで手は出さない。約束を取り付けはしたが、富岡が少しも『その気』になる気配がないため、最近アランは焦《じ》れすぎたのか、今まで以上に富岡にまとわりつくようになっている。

そんなわけで今朝も早々にアランは富岡に絡んできたのだが、富岡の関心はただただ田宮にのみ向いていた。

「あ、わかった。帰ってきたんですね」

心底、面白くないという表情になった富岡が、尚も田宮に絡む。

「うるさい」

そんな彼に対し、田宮が冷たく接するのもまた、日常の光景だった。

「だからそんな疲れた顔してるんだ」

仕事ができることにかけても定評があるが、こと田宮に関することは百パーセント、下手《へた》をすれば本人以上に把握していると公言してはばからない富岡はどうやら、田宮の疲労の原因を本人が口にするより前に察したようだった。

「仕事を、しなさい」

気づかれた気まずさもあったが、周囲の注目を集めつつあることも感じていた田宮が厳しくそう宣言する。

「雅巳、そんなつれない吾郎なんていい加減思い切って、僕と幸せになろうじゃないか」

すかさずアランが富岡に訴えかけるも、今度は彼がその富岡から、

「仕事を、しなさい」

と言い捨てられた。

「僕のハニーは本当に冷たい……」

はあ、と溜《た》め息《いき》をつくアランを富岡が怒鳴りつける。

「誰がハニーだっ！　僕をハニーと言っていいのは……っ」

「二人とも、仕事をしなさい」

皆まで言わせまいと田宮が冷たく言い放つ。

くすくすと笑う者、興味津々《しんしん》で見つめる者、フロア中の注目が今や自分たち三人に集まっていることは明白だ、と田宮は天を仰ぎたい気持ちになっていた。

きらびやかな容姿に加え、きらびやかなバックグラウンドのおかげで、女子社員をはじめとする社員たちのアランへの関心は高い。

その上アランは富岡の気を引くために、着任当初は、田宮に気のある素振りを見せていた。富岡に嫉妬《しっと》させる作戦だったのだが、まんまと富岡が作戦に乗ったため、田宮を巡る三角関係、ということでまず注目を集め、それが今以《もっ》て続いている。

アランも富岡も周囲の目を全く気にせずにいられる強靱《きょうじん》な神経の持ち主だが、常識人の田宮はそこまで無神経になれずにいた。

本当にもう、自分を巻き込まないでほしい。溜め息をつきたくなる気持ちを堪《こら》え、仕事に集中しようとパソコンに目をやる。

と、そのときアランが机の上に放置していた彼のiPhoneが着信に震えた。

「はい？」

日本語で応対に出たアランが、すぐ憂鬱《ゆううつ》そうな顔になり英語で応対しながら席を立つ。

プライベートな用件だと察しはしたが、目くじらを立てるまでもあるまいと田宮はアランを放置し、尚もパソコン画面に集中し始めた。ちょうど懸案事項のメールの返信が来ていたため読み耽《ふけ》る。が、次の瞬間、フロアの端から響いてきた大声に、田宮の集中力は途切れることになった。

「Oh! My God!!」

フロア中に響く大声を上げたのはアランだった。思わず田宮が見やった先では、彼がスマートフォンを握り締め、天を仰いでいる。

「アメリカ人ってリアルでアレ、言うんですねえ」

富岡が呆《あき》れた口調で言うのに、本当に、と相槌《あいづち》を打とうとした田宮だったが、次の瞬間、アランが物凄《ものすご》い勢いで駆け戻ってきたのに気づき、思わず身構えてしまった。

富岡も田宮同様、否、田宮以上に身構えていたが、アランは真《ま》っ直《す》ぐにその富岡へと向かうと、彼の傍《かたわ》らに跪《ひざまず》き、この世の終わりとばかりに嘆き始めた。

「なんということだろう、雅巳。僕は暫《しばら》くあなたと離れなければならない」

「え、うそ。ラッキー」

富岡の反応は、至って軽かった。心底ほっとした顔になったばかりか、よせばいいのに田宮に向かい浮かれた声を出す。

「田宮さん、これで邪魔者は消えますよ」

「馬鹿じゃないか」

「雅巳、君の冷たさに僕の心は壊れてしまいそうだ」

言い捨てた田宮の声と、泣き出しそうなアランの声が重なって響く。

「壊れてもらっても何も困らないんだけど」

「雅巳！」

尚も冷たい言葉を投げつける富岡の前でアランが絶望的な表情を浮かべたあとに、何を思ったか今度は田宮に縋《すが》り付いてきた。

「吾郎、なんとかしてくれ」

「な、何を？」

富岡の態度を正させろとでもいうのだろうか。だとしたらまったくもって管轄外だ。そう言おうとした田宮だったが、アランの嘆きっぷりを前にし、何も言えなくなった。

「父から帰国命令が出た。くそ……っ。一体どうしたらいいんだ？」

「それは……」

それこそ管轄外だと、田宮が言葉を失う。

「おい、田宮さんに絡むなよ」

横から富岡が田宮のかわりにそう告げたが、アランの嘆きはとまらなかった。

「雅巳と二十四時間以上離れるなんて、耐えられるわけがない」

「アホか」

呆れてみせた富岡が「あ、違う」と言い直す。

「『馬鹿じゃないか？』」

「富岡、お前な……」

敢えて自分の口癖を真似してみせた富岡に田宮が文句をつけようとした。その声に被《かぶ》せアランの絶叫がフロアの隅々まで響き渡った。

「おお、神よ！　願わくば僕の留守中に吾郎が雅巳の求愛を受け入れませんように！」

「受け入れるかっ」

「おお、神よ！　願わくば田宮さんが僕の気持ちを受け入れてくれますように！」

「どさくさ紛れに何言ってんだよっ！」

アランと富岡、勝手なことを言う二人にそれぞれにツッコミながら田宮は、またも皆の視線を集めていることに気づき、天を仰ぐ。

「雅巳、すぐに戻るから待っていてくれるよね？」

「そのまま帰国すればいいいんじゃないかな。お父さんもその方が安心だろうし」

「雅巳、冷たいことを言わないでくれ……っ」

一方、人目をまるで気にしない二人の言葉の応酬はいつまでも続き、おかげで田宮を含めた三人への関心は弥《いや》が上にも高まって、田宮をますます憂鬱状態へと追いやってくれたのだった。

「久々に平和が戻ってきましたねえ」

その日の終業後、九時過ぎになんとか仕事を切り上げた田宮は、高梨の待つ官舎に戻るべく地下鉄に乗っていた。

家を出る際、高梨は夕食を作って待っていると言ってくれていた。早く帰りたかったのに夕方に突然舞い込んできたメーカーからのクレーム処理に追われ、今の時間になってしまった。

苛《いら》つく気持ちを抑え込み、必死で対応した結果ことなきを得たが、それだけでも疲れ果てているというのに、ストーカーよろしく田宮が仕事を終えるのを虎視眈々《こしたんたん》と狙《ねら》っていた富岡に、飲みに行きましょうと地下鉄の中までつきまとわれ、今日は厄日か、と田宮は心底苛ついていた。

一方富岡は、アランの帰国に相当浮かれている様子だった。何が理由か、はっきりしたことはアランから説明がなかったのでわからなかったものの、アランの父は、電話を切った次の瞬間には、会社の前に空港行きのリムジン——といってもバスではなく、全長五メートルのリンカーンである——を横付けさせた。空港にはプライベートジェットが待機しているとのことで、さすが御曹司、と田宮も富岡も目を丸くしたのだった。

「きっと親父さんに知れたんですよ。あいつが日本でいかに馬鹿馬鹿しいことに金を費やしてるか」

富岡がやれやれ、というように肩を竦《すく》める。

「…………」

そう言ってやるな。やり方はマズいとは思うがすべてお前への好意からでている行動なのだから。

窘《たしな》めてやりたいが、会話が成立することは避けたい。いったん会話が始まろうものなら富岡が、話の続きはどこか飲み屋で、と誘ってくるのがわかりきっていたためである。

飲み屋ならまだいい。家までついてくると言われたら最高に面倒くさいことになる。

今日は高梨と二人、水入らずで夕食をとることのできる貴重な日なのだ。それを富岡に邪魔されたくない。富岡のほうは邪魔する気満々なのは言われなくてもわかっているため、それで田宮は彼を一切相手にせず、無視を貫いていたのだった。

実際、田宮もアランの突然の帰国の理由に興味はあった。好奇心というよりは、アランの父の力をもってすれば、自分の会社に甚大な損害を与えることなど容易《たやす》いとわかっていたためだった。

当事者である富岡はその辺、あまり気にしていないようだが、アラン一人のせいで自社が、そして社員が迷惑を被ることなどあってはならない。その辺も富岡と相談したくはあったが、それこそ話が長くなるに違いないので今は駄目だ。

明日、出社したらにしよう。一人心を決め、富岡が何を話しかけてきてもそっぽを向き無視を貫いていた田宮のおかげで、富岡は今や車中で『独り言を呟いている変な人』状態になっていた。

地下鉄はラッシュ時ほどではないが適度に混雑しており、田宮と富岡はドアの前あたりで、他の乗客たちに囲まれていた。

ラッシュの時にはない、酔っぱらい特有のにおいに包まれ、不快感が募《つの》る。やれやれ、とすぐ横にいる泥酔した男が寄りかかってくるのをさりげなく避けながら田宮が溜め息を漏らしたそのとき、背後に違和感を覚え、身体を強張《こわば》らせた。

尻《しり》のあたりに異物感がある。しかし鞄《かばん》が当たっているだけという可能性のほうが大きいし、と思った次の瞬間、今度ははっきりと人の掌《てのひら》としか思えない体温を感じ、嘘《うそ》だろ、と背後を振り返ろうとした。

と同時に、ぎゅっと尻を掴まれ、割れ目に指を挿入される。そのままぐっと抉られそうになり、冗談じゃない、と田宮がその手の主を怒鳴りつけようとするより前に、富岡の怒声が車内に響き渡った。

「おい、おっさん！　何してんだよっ」

凜《りん》と響く大声に、周囲の注目が集まる。

「おいっ」

田宮が富岡に呼びかけようとしたときにはもう、富岡が田宮の尻を掴んでいた男の腕を捕らえ、高く上げさせていた。

「痴漢行為なんて、恥ずかしくないのかよっ」

富岡が怒鳴りつけていたのは、中年の男だった。身なりのよさからある程度高い役職にいるのではと推察される。

「な、何を言うんだ。誤解だ」

衆人の注目を集め、男は動揺していた。が、焦ったその様子から田宮も、そして富岡も、『誤解』などではないと確信した。

「降りろよっ」

ちょうど地下鉄が駅に滑り込んだため、富岡が男の腕を強引に摑み、引きずり下ろす。

「お、おい……」

富岡一人を下ろすわけにもいかず、田宮はおろおろしながらも共に地下鉄を降りると、富岡が男を引きずったまま駅員へと向かっていくそのあとを追った。

「駅員さん、痴漢です」

富岡が声をかけたのは、ひょろりと背が高く、眼鏡をかけた大人しそうな若い駅員だった。

「え？　あ、あの、痴漢……ですか？」

駅員がおどおどした様子で富岡に問い返す。

「そうです」

「違う！　誤解だっ！」

頷《うなず》く富岡の横では、彼に腕を取られたままの中年の男が大声で否定してみせた。

「嘘つくなよ。はっきり見たんだからな。お前が田宮さんに痴漢行為をしているのを」

中年男を富岡がきつく見据え、ドスの利《き》いた声を出す。

「田宮さん？」

駅員に問われ、富岡が田宮を振り返る。

「お、男に痴漢なんてするわけないだろうがっ」

と、中年男はそう言ったかと思うと、富岡の手から逃れようと暴れ始めた。

「おっと」

富岡が逆に男を羽交い締めにする。

「あの、被害者はどちらに……」

駅員は相変わらずおどおどした態度で、富岡と、そして彼の腕の中で「離せ」と暴れる男に話しかけた。

「被害者は……」

富岡が視線を向けてきたため、駅員も田宮を見る。

「……あの……」

確かに被害は受けた。が、それを駅員に告げるのを田宮は躊躇《ためら》い、俯《うつむ》いた。

「あっ」

富岡が田宮に注目する。その一瞬の隙を突き、中年男は富岡を突き飛ばすようにするとその場を駆け出していった。

「待てっ」

富岡があとを追おうとする。

「いいよ、富岡」

あとを追いかけ、捕まえる。その後駅員に話を聞かれ、そのまま警察に向かうことになるかもしれない。

それは避けたい。そう思ったがゆえに田宮は富岡の背を呼び止め、彼を制した。

「どうしてです、田宮さん」

富岡が憤った声を上げ、田宮を振り返る。

「痴漢されたんですよ？　放っておいちゃだめでしょう」

「………………」

確かに。放置すればまた、あの中年男は痴漢行為を繰り返すかもしれない。被害者を増やすことになるのは明白だが、それでも田宮は警察に行くのを躊躇ってしまっていた。

「あの……」

駅員がまた、おずおずと声をかけてくる。富岡は駅員を、続いて俯く田宮を見やったあと、田宮の心情を察したらしく、駅員に対し、

「……もう、いいです」

ぶすっとしたままそう告げた。

「そうですか」

駅員がどこかほっとした顔になり、一礼してその場を去っていく。

「ことなかれかよ」

ぼそりと、駅員には聞こえないように呟いたあと富岡は、すでに背中も見えなくなっていた中年男に向かったと思《おぼ》しき言葉を大きな声で吐き捨てた。

「痴漢野郎！　いっぺん死ね！　なんなら殺したろかっ！」

いきなり怒声を張り上げた富岡を、駅員をはじめホームにいた乗客たちがぎょっとしたように振り返る。

「と、富岡」

よせ、と田宮は富岡の腕を引くと、そのまま改札へと向かう階段を上り始めた。

「田宮さんも田宮さんですよ。恥ずかしいのはわかりますけど、放置はないでしょう」

田宮のあとに続きながら、富岡が不満たらしくそう声をかけてくる。

「……そりゃそうだけどさ……」

溜め息交じりに相槌を打った田宮の腕を振り払い、富岡が横に並んだ。

「警察に行きたくなかった？」

「…………」

答えない田宮の顔を覗《のぞ》き込み、富岡が問いを重ねる。

「『良平』に知られたくないから？」

「…………」

「違うな。『良平』に迷惑かけたくないから？」

「……お前が『良平』って言うなよ」

心理をずばりと当てられた気まずさから、田宮が口を尖らせる。

「やっぱりね」

富岡は溜め息をついたあと、ぼそりと、

「僕が『良平』なら、『そんなん、迷惑ちゃうでー』と言うでしょうけどね」

「嘘くさい関西弁はやめろって」

注意するところは『関西弁』しかないため田宮はそう突っ込むと、改札を抜けタクシーを捕まえるべく車道へと向かった。

すぐにやってきた空車に手を上げ停《と》めると、自分に続いて乗り込もうとする富岡をきっぱりと退ける。

「感謝はしてる。ありがとう。じゃ、お疲れ！」

「田宮さん、冷たい……」

泣き言を言う富岡を無視し、運転手にドアを閉めてもらう。一人きりになると田宮はシートに身体を預け、はあ、と深い溜め息を漏らした。

痴漢にあったことは不快ではあった。が、それ以上に不快なのは、『なかったこと』で収めようとしている自分自身だ、と深く反省する田宮の脳裏に、自分の尻を触った中年男の顔が浮かぶ。

いかにも金のかかった服装をしていた。顔立ちに卑しさが表れていた気がしたが、それは単に痴漢行為を受けたためにそう見えただけかもしれない。金銭的にかなり余裕のある彼の社会的地位もまた、高いのではないかと推察できる。鬱屈した感情が性欲となって現れたのだろうか。顔もそう悪くはなかったし、痴漢などせずともパートナーになりたがる人間はいくらでも探せただろうに。

痴漢行為は社会的地位を失うことになりかねないものだと思うが、それでもせずにはいられなかったのだろうか。

ぼんやりとそんなことを考えながら田宮は車窓を見やった。

街灯の光が後方へと物凄い勢いで流れていく。結局の所、おそらく自分は高梨に対し、今の痴漢の顚末《てんまつ》を告げることはないだろう。

心配も迷惑もかけたくないから——その思いが数日後には覆ることになるなど、未来を見通す力のない田宮にわかるはずもなく、ただ後方に流れるオレンジの光を見つめながら彼は、こうも遅くなった帰宅を愛しい恋人にいかにして詫《わ》びようかと、それればかりを考えていた。

2

翌日、出社した田宮を迎えたのは、富岡の困惑した顔だった。

「田宮さん、ニュース、見ました？」

「今日は見てない……けど？」

高梨の久々の休日を彼と謳歌《おうか》しすぎたため——早い話が行為に集中するあまり、何度と数えきれないくらいに達してしまい、最後は気を失った状態で熟睡したため、今朝の起床は出社ぎりぎりになった。

慌ててシャワーを浴び、家を出たので、テレビも新聞もチェックできていない。

首を横に振った田宮を見て、普段の富岡であれば理由を察した上で、恨み言の一つや二つ、口にしそうなものなのだが、今の彼にはその余裕がないようだった。

「これ、見てください」

富岡が一枚の紙を田宮に差し出してくる。

「テレビ局に勤めてる友人に送ってもらったんです」

「？」

やたらと深刻な顔をし、富岡が差し出した紙を、一体なんなのだ、と首を傾《かし》げつつ田宮が受け取る。

プリントされているのはどうやら、テレビのニュース番組の画面をキャプチャ化したもののようだった。

『里田大輔《さとだだいすけ》さん（46）』の文字が、運転免許の写真と思しきものの下に添えられている。

どこかで見たような――と写真を凝視した田宮は、すぐに思い当たり、

「あ」

と驚きの声を上げた。

「やっぱりこれ、昨日の痴漢ですよね？」

田宮の反応を確認してから、富岡がそう声をかけてくる。

「多分……でも？」

昨日の痴漢には違いない。が、結局警察には突き出さなかった。なのになぜニュースになったのか。

訝《いぶか》しさから眉《まゆ》を顰《ひそ》めた田宮は、返ってきた富岡の答えに、仰天したあまり大きな声を上げていた。

「殺されたんですって。昨日の深夜」

「なんだって⁉」

「しかも僕らが降りたあの駅の階段で足を滑らせたらしいですよ。あれから四時間後くらいに」

「四時間後？」

あのとき立ち去ったのではなかったのか。疑問を覚える田宮の前で、富岡もまた不思議そうに首を傾げた。

「最寄り駅だったんですかね？　そうじゃないとまた戻ってくる意味がわからないし」

「ニュースになったってことは他殺なのか？」

『足を滑らせた』くらいではニュースとして放映されないのではないか。田宮の疑問に富岡が頷いてみせた。

「おそらく……はっきりは言っていませんでしたが」

「しかしよく、気がついたな」

名前も知らない、それこそ通りすがりといってもいい人間である。もし自分がそのニュースを見ていたにしてもきっと気づかなかったに違いない。

感心してみせた田宮だったが、富岡の答えを聞き、感心を返してほしいと心から願った。

「当たり前じゃないですか。田宮さんのケツを触った相手を僕が忘れるとでも？」

「…………仕事しろ」

まったくもう、と田宮は富岡に紙を返すと、自席へと向かいパソコンを立ち上げた。

「関係ないとはいいつつも、ちょっと気持ち悪いですよね」

富岡も席につきはしたが、田宮との会話を継続しようとする。

「……まあな」

知人ではないが、昨日会ったばかりの人間が死んだというのはあまり気分のいいものではない。

『いっぺん死ね！』

そういえば富岡はそんな言葉で罵《ののし》っていた。思い出した田宮が、隣のラインの富岡を振り返る。

「え？」

気配を察したらしい富岡もまた振り返り、田宮を見た。

「ええとその……気にするなよ？」

言ってから田宮は、富岡は自分が何を言ったか覚えていないかもしれないということに気づいた。

「あ、いや、なんでもない」

覚えていないとしたら、わざわざ思い出させるまでもない。そう思い直し、首を横に振った田宮に富岡が苦笑してみせる。

「本当に死んだから？」

「…………」

　なんと答えたらいいかわからず、口を閉ざした田宮に、富岡がパチリとウインクしてみせた。

「大丈夫。気にしてませんよ。確かに気持ちはよくないけど、僕らとはまったく関係ない人なんだし」

『僕とは』ではなく『僕らとは』と言うことで富岡は、田宮にも『気にするな』と言ってくれている。そもそも富岡の『死ね』発言は、田宮への痴漢行為に起因するものだけに、田宮もまた気にしていることを富岡は察したらしい。

「…………まあ、そうだよな」

　富岡が『死ね』と言ったから死んだわけではない。珍しい偶然が重なっただけだと、田宮はそれ以上話題が続かないよう話を打ち切り、再び自分のパソコンに向かった。

　富岡も思いは同じなのか、仕事に集中し始めたようである。背後で響く取引先相手との電話にてきぱきと答える富岡の声を聞きながら田宮は、その声音がいつもどおりであることに安堵《あんど》しつつ、自身もまた画面に集中し、客先からのメールの返事を打ち始めたのだった。

ちょうどその頃、高梨の勤務する警視庁捜査一課には、不思議な事件が持ち込まれていた。朝一番に大阪府警の小池《こいけ》から、高梨宛《あて》に電話が入ったのである。

「お久しぶりです。お元気でしたか」

明るく応対する高梨に対し、小池もまた懐かしそうな声で答えた。

『おかげさまで。高梨さんもお元気でしたか？』

「身体だけが取り柄やさかい」

くだけた口調で告げた高梨の耳に、小池のどこか恥じらいを含んだ声が響く。

『あの……その、田宮さんもお元気ですか？』

「元気やけど、どないしたん？　まさかご機嫌伺いでかけてきたわけやないですよね」

小池が田宮のファンであることは、本人に打ち明けられずとも態度からすぐ知れていた。とはいえ、彼が田宮をどうこうしようなどと考えているわけではないとわかっているのだが、やはり面白くなく感じてしまう。

我ながら余裕がない。内心苦笑しつつ本題へと話を導くと、小池は気の毒なほど動揺してみせ、高梨の罪悪感を煽《あお》った。

『す、すんません。実は少々やっかいな事件が起こりまして、ご協力を仰ぎたい、思うて連絡させてもらいました』

「やっかいな？　どないな事件なんです？」

かんにんな。心の中で呟き、高梨が小池に問いかける。

『はあ、それが……』

自らも釈然としていないことがわかるような訝しげな口調で小池が話し始めた事件は、確かに『やっかいな』ものだった。

昨日の早朝、淀屋橋《よどやばし》のオフィス街にあるビルの地下室で男の遺体が清掃員により発見された。

そのビルは警備会社のシステムでドアの施錠が管理されていて、専用カードをカードリーダーにかざさない限りドアを開くことができない。

清掃員がいつものようにロックを解除し、ビル内の清掃を終えたあと、清掃用具の保管してある地下室に向かうと、ドンドンと扉を内側から叩《たた》く音が用具入れのある向かいの地下室から聞こえてきた。

朝、来たときにはそんな音はしなかった上、書庫となっているその部屋は清掃の対象外だったために、清掃員はその部屋に注意を払っていなかった。

一体何事かと清掃員が扉に向かう。扉の外にはなんの拍子かで側に置いてあったと思われるモップが倒れかかり、つっかえ棒状態となっていた。

そのモップをどけ、清掃員が扉を開くと、転がるようにして男が外に出てきた。

清掃員が悲鳴を上げて飛び退《の》くと、男はそのまま床に倒れ込み意識を失った。

地下室内には電気がついていたため、清掃員が中をのぞき込み、そこに男の遺体があるのを発見し、一一〇番通報がなされた。

死んでいた男は、南原縁《なんばらゆかり》という名の、そのビル内にある会社に勤める四十五歳のサラリーマンだった。殺害現場は遺体が発見された地下室で、殺害時間は深夜一時から三時頃と特定された。

ビルが警備会社により施錠されたのは、テナント借りしている数社の社員全員の退社が確認された午前一時。その後、ビルへの人の出入りは確認されていない。

容疑は当然ながら、遺体と同じ室内にいた男に向けられることとなったのだが、意識を失った男をその後問いつめても『何も知らない』と主張するばかりだったという。

『最初のうちは男が嘘をついとるんだと、我々も思ってました。なんせ奴は、自分は東京にいる身で、なんで遠く離れた大阪になんぞおるんか、さっぱりわからん、言う上に、遺体の人物とも面識がちいともない、と抜かすさかい……せやけど、容疑者と被害者の接点は今のところなんも見つからんし、監視カメラにも映っとらんのは不思議やし、男の言うとおり、東京で拉致《らち》されてようわからん場所に連れ込まれ閉じこめられた、いう話の信憑性《しんぴょうせい》を調べなあかんようになってもうたんですわ』

「……不思議な話やね」

そう答えながらも高梨はそのときには半信半疑だった。

物理的に考えれば、外から鍵のかかったビルの地下室に——密室といってもいい状態の室内に二人の人間がおり、一人が殺されていたら殺したのはもう一人の人間ということになる。

面識があろうがあるまいが、そこは関係がないのではないか。まだ事件が発覚してから一日しか経《た》っていない。時間をかけて調べれば、被害者と容疑者の接点は見つかるのではないか。

そう考えていたのを見透かしたように小池が話を続ける。

『勿論、容疑者が嘘をついてる可能性のほうが大きいとは思うんですが、裏をとる必要はあるかと、そない思いまして……』

「ああ、すんません。そないなつもりはありませんでした」

声に出たか、と反省しつつ高梨は電話越しに詫びると、小池に容疑者についての詳細を尋ねた。

『こちらこそ申し訳ないです。山田《やまだ》健《たけし》、二十六歳、東京ではレストランのフロア勤務やいう話でした』

詳しい情報はメールで送ると小池は告げ、電話は切れた。

果たしてどういうことなのか。もし容疑者の言っていることが真実だとすると、彼は何者かに陥れられたということになる。

ドラマか小説のようだな、と思いながら高梨はメールの到着を待つと、届いた容疑者のデータと当日の行動に目を走らせた。

山田という容疑者の勤務先は銀座だったが、事件当日は早番で、午後四時には店を出た。新宿で途中下車し、いつものカフェでビールを飲みながら早めの夕食をとった。ほろ酔い気分で店を出たのが午後七時頃。駅へと向かおうとしたところを、何者かに拉致されたという。

気づいたときには大阪に移動させられており、見知らぬ室内に閉じこめられたあげく、隣には死体があった。

外に出ようにも扉が開かない。必死で扉を叩き、清掃員によって開かれたドアから外に飛び出し、そのまま気を失った――というのだが、どうにも信じがたい、というのが高梨の印象だった。

捜査一課の金岡《かなおか》課長にも大阪府警の捜査一課長から協力要請が別途きており、高梨は竹中《たけなか》と一緒に聞き込みを始めた。

二人がまず向かったのは、山田の勤務先のレストランだった。広いフロアのイタリアンレストランだったが、店長も他の店員も今回の事件には驚いており、山田が殺人を犯すなどとても信じられない、と口を揃《そろ》えた。

大阪に馴染《なじ》みがあるという話も聞いたことがないという。山田と特に親しかった従業員はいるかと問うと、皆、困ったように目を見交わした。

「人当たりはよかったけど、特に誰かと仲良くしていたってことはないんじゃないかな」

店長の言葉に、店員たちが皆、頷く。

職場の人間とは表面上の付き合いしかしていないということだろうと高梨と竹中は判断せざるを得ず、あとは山田が拉致されたという日の彼の足取りを追うことになった。山田の学生時代の友人や自宅近辺の聞き込みには、他の刑事が当たっていたためである。

山田の供述どおり、彼がビールと夕食をとったカフェでは確認が取れた。が、カフェから駅までの間は住宅地が続き、防犯カメラの類《たぐい》はない。住民に聞き込みをしても、男が拉致されたただの、不審な車を見ただの、そういった証言は一つも得られなかった。

「やっぱり嘘なんじゃないですかねえ」

竹中が早くも音《ね》を上げる。

「だいたい信じられませんよ。そんな突拍子もない話」

「突拍子もないだけに、ほんまやっちゅう可能性もあるで」

言いながら高梨は、無理があるなと自分でも思っていることに内心苦笑していた。

サスペンスドラマにもなり得ないネタである。もし殺人犯が別にいるにしても、なぜ山田を拉致し大阪に運んだ上で彼を犯人に仕立て上げようとしたのか。

犯人に仕立て上げるのなら、容疑者になり得る相手を選ぶのが道理というものだろう。なのになぜ遠く離れた東京で、被害者とは一見かかわりのまるでない人物を容疑者に仕立て上げるのか。不可解であることこの上ない。

何か裏があるのではないか。高梨の刑事の勘がそう訴えかけてきていたが、その『裏』についてさっぱり見当が付かない。

山田の供述の裏が取れないのであれば、彼がどのようにして大阪に移動したのかを突き止めるべきだろう。車か。それとも新幹線か。それを追及しようと高梨が竹中に提案しかけたとき、携帯が着信に震えた。

「はい、高梨」

『非通知』の表示からすぐ、捜査一課からに違いないと察し応対に出る。

『高梨、殺しだ。すぐに向かってくれ』

電話をかけてきたのは捜査一課長の金岡だった。

「わかりました。現場はどこです？」

協力要請は終了ということかと察しつつ高梨が電話に向かって問いかける。

『今朝、ニュースにもなっていただろう。西新宿五丁目の駅だ。有益な情報を得られたと新宿署から連絡があってな。そっちは竹中に任せ、お前は至急駅に向かってくれ』

「了解」

短く応対し、電話を切ると高梨は、電話の内容を竹中に簡潔に伝え、その場を離れることにした。

西新宿五丁目の事件については、高梨も朝、捜査一課に一報が入っていることを認識していた。

あれは確か、隣の係が担当することになったのではなかったか、と思いつつ西新宿五丁目の駅へと向かう。

今はどこも人手不足で、おそらく隣の係から泣きが入ったのだろう。よくあることだ、と納得していた高梨は向かった駅で馴染みの顔に出会い相好《そうごう》を崩した。

「よ、高梨」

「なんや、サメちゃんか」

サメちゃんこと納《おさめ》は、新宿署勤務の、クマに似た外見の刑事である。高梨とは昔馴染みであり、今でもツーと言えばカーの仲だった。

「サメちゃんと一緒やったら心強いわ」

「そりゃ俺の台詞《せりふ》」

納は笑ったあとすぐ真面目な顔になり事件の概要を話し始める。

「今朝、駅の階段下で男が遺体となって発見された。報道もされたがその件だ。駅員から有益な情報を得られたもんでな」

「有益な情報？」

なんや、と問いかける高梨に納が心持ち潜めた声で答える。

「被害者、痴漢の常習犯だったらしい」

「……なるほど」

恨みを買っての犯行というわけか、と納得し頷いた高梨を納は「こっちだ」と駅構内に導いた。

「すみません、谷中《やなか》さんという方はいらっしゃいますでしょうか」

駅事務所で納が手帳を見せ声をかける。

「あの……僕ですが……」

手を上げ、歩み寄ってきたのは、いかにも気弱そうな若い駅員だった。

「先ほど警察に連絡をくださった方ですね？　詳しい話をお伺いしたいのですが」

納がその男に身を乗り出し問いかける。

「あ、はい……」

谷中という男は、おどおどしつつも納と、そして彼と共にいた高梨を、事務所内へと導いた。

簡易式の応接セットに二人を案内し、向かい合わせに座ると改めて頭を下げる。

「すみません、その……」

「ご連絡ありがとうございました。被害者の里田さんが痴漢の常習犯だったということですが」

「あの……常習犯かはわからないです。ただ、前日に痴漢騒ぎがあって、その加害者が里田さんだったってだけで……」

ぼそぼそと、要領を得ない説明を続ける谷中の話を納が辛抱強く聞きながら整理する。さすがサメちゃん、と感心しながら高梨は二人のやりとりに聞き入っていた。

谷中が言うには、里田は若いサラリーマンに痴漢行為をしたらしく、それを見咎《みとが》めた痴漢の被害者の同僚らしき男が、彼を電車から引きずり下ろし自分のところへとつれてきた。

一瞬の隙をつき、里田はその場から逃走したが、その際、被害者の同僚が『殺してやる』と意気込んだことを、たどたどしく説明すると谷中は、

「あの『殺してやる』は信憑性がありました」

と頷いてみせた。

すぐさま駅構内に設置されていた監視カメラの映像が納と高梨に提供された。

「おい、高梨」

納が啞然《あぜん》とした声を上げ、画面に見入る。

「…………ああ…………」

高梨の視界の先では、誰より愛しい恋人を庇《かば》うようにして立ち尽くす彼が——富岡が、里田の走り去ったほうに向かい怒声を張り上げていた。

『いっぺん死ね！』

「………事情聴取はコッチでやるわ」

納が遠慮深く高梨に声をかける。

「……ああ、頼む……」

頷く高梨の目は画面の中、心細げに立ち尽くす田宮の顔へと注がれていた。


午後になり、フロアが変な感じでざわつき始めたことを、田宮は敏感に察した。

「どうしたんでしょうね」

同じく察したらしい富岡が田宮に問いかけてくる。

「アラン絡みかな……」

富岡が呟いたそのとき、彼のデスクの電話が鳴った。

「……あ、はい。わかりました」

応対に出た富岡が、首を傾げつつも電話を切る。

「どうした？」

「わかりません。ちょっと人事にいってきます」

訝しげな顔をしながら富岡は人事部へと向かったが、彼はその日、二度と席に戻ってくることはなかった。

田宮はその後すぐに外出の予定だったために事情を察するのが遅れた。

「田宮さん、大変ですっ」

夕方五時過ぎに外出から戻った途端、アシスタントの女性が駆け寄ってきたのに、田宮は何事かと驚き彼女に尋ねた。

「大変って？」

「富岡さん、警察に連れていかれちゃったんです。殺人事件の容疑者なんですって」

「はあ？？？？」

なぜにそうなる、と驚きの声を上げた田宮に、城田《しろた》という名のアシスタントは勢い込んで説明を始めた。

「今朝、西新宿五丁目で殺人事件があったじゃないですか。その容疑者なんですって。なんでも富岡さん、昨夜《ゆうべ》その人を『死ね』って罵ったそうで……」

「うそだろ？　それで容疑者？」

信じられない。唖然とする田宮に城田が言葉を続ける。

「なんでしたっけ。警察は『任意の出頭』とか言ってましたけど、もう、会社中大騒ぎです」

「……そんな……」

呆然《ぼうぜん》とする田宮だったが、そう案ずることはないとも同時に思っていた。

というのも田宮がその『死ね』――正しくは『いっぺん死ね』だったが――と富岡が口にした場面に遭遇していたためだった。

彼が殺人など犯すわけがない。第一、殺す理由がない。彼自身、あの男が死んだことにあれだけ驚いていたのだ。

きっとすぐに解放されるに決まっている――だが田宮のその予想は残念ながら外れ、富岡はその日、社に戻ってくることはなかった。

「あいつ、悪い癖が出たんじゃないといいんだが……」

田宮と同じ課の杉本《すぎもと》が心配そうにそう告げる。

「悪い癖？」

問い返してから田宮はすぐ杉本が何を言いたいかに気づいた。

富岡はどうも権威に反発する傾向があり、以前人事とも揉《も》めたことがあった。そのときにも言わなくていいことを口走り、大騒動になったのだった。

まさか警察でも同じような馬鹿をしていないだろうか。それが心配になったというのもあるが、何より富岡の『死ね』発言の原因は自分が被害にあった痴漢にあると思うといてもたってもいられず、田宮は杉本や城田をはじめ、周りの人に富岡が連れていかれたのはどこの警察署かを確かめた。

皆、『刑事』ということしか覚えていなかったが、唯一、ミステリー小説を読むのが好き

だという城田が、

「そういえば新宿署と言ってたような」

と思い出してくれた。

「新宿署？」

納がいるはずだ、と少しばかりほっとすると同時に、もしやと思い尋ねてみる。

「刑事って、熊みたいな印象の三十くらいの人じゃなかった？」

「いえ、すらっとしたイケメンでした。若かったですよ。大学出たてって感じで」

そんな刑事、新宿署にいたか？　と内心首を傾げつつも田宮は城田に礼を言うと、すぐさま新宿署へと向かった。

納の携帯番号は以前、電話をもらったことがあるので知っていた。かけてみようか、とタクシーの中、携帯を握り締める田宮の脳裏に、納より先にかけるべきではないかと思う男の――愛しい恋人の顔が浮かぶ。

誰より、そして何よりまず、状況を高梨に説明するべきではないのか。

高梨が自分以外の人間から状況を知るより前に。

「……だよな……」

呟きが田宮の口から漏れる。

だが田宮の指が携帯を操作することはなかった。じっと握り締め溜め息を漏らす彼の心理はただ一つ。

『高梨に迷惑をかけたくない』

それに尽きた。

富岡は当然ながら犯人ではない。事情聴取から釈放されるのは時間の問題である。新宿署とはいえ納がかかわっていないのであれば、高梨の耳に今回の件が届くことはないかもしれない。

自分が電車内で痴漢に遭《あ》い、それを富岡が注意した。その際『死ね』と告げたために疑われることとなったが、自分が痴漢にさえ遭わなければ彼が警察に呼び出されることもなかった。

痴漢に遭ったときに自分で『やめろ』と制しておけば、富岡が警察の取り調べを受けることもなかったし、自分が事件にかかわることもなかった。

できることなら、高梨や高梨の関係者に知られないうちに、富岡が事件とは無関係だということを証明したい。

切に祈る田宮だったが、彼は肝心なことに気づいていなかった。

すなわち、なぜ昨日駅で名乗ることもなかった富岡がすぐさま特定され、警察に呼び出されたのかということである。

彼がそれに気づくのは、タクシーを降り、新宿署の入り口の階段を駆け上ろうとしたときだった。

「ご……田宮さん！」

聞き覚えのある声に呼び止められ、足を止め振り返る。

「……納……さん」

そこには納と、見覚えのある、確か橋本《はしもと》という名の刑事がいた。今署を出たらしい様子の彼らは、田宮に駆け寄ってくると、こちらへ、と駐車場へと導いた。

「もしかして富岡君のことで来たのかな？」

連れ込まれた覆面パトカーの中で、納が田宮に問いかける。

「あの……」

言いよどんだが、隠せるものでもないかと思い直し、田宮は「はい」と頷いてから逆に納に尋ねた。

「あの、富岡はなぜ、長時間留め置かれているんでしょう。容疑者というわけじゃないんですよね？」

「……それが、ですね……」

納が言いにくそうに口ごもる。

「え？」

まさか本当に容疑者扱いされているのか、と驚いた田宮に説明してくれたのは橋本だった。

「富岡さん……でしたっけ。彼、黙秘を貫いているんですよ。何を聞いても答えない。それで留め置かれているんだと思います」

「黙秘？　なんだってまた……」

喋《しゃべ》れないことなど何一つないというのに。呆然とする田宮に今度は納が、ぽりぽりと頬《ほお》のあたりを人差し指でかきつつ話を始めた。

「俺は富岡さんと面識があるからっていうんで、事情聴取には参加させてもらえてないんだ。担当してるのが新人でな、張り切ってるっつーのもあるんだが、どうも富岡さんのほうも素直じゃないっつーか」

「……やっぱり……」

恐れていたとおりだった。はあ、と溜め息をつく田宮に納がおずおずとした口調で問いかける。

「あの……富岡さんが被害者に対し『死ね』と言った、その理由は……」

「……あ……」

そこから話していないのか。驚くと同時にそれが富岡の配慮と気づいた田宮は、納の前で深く頭を下げた。

「申し訳ありません。俺のせいです」

「………」

納がますます言いにくそうな顔になりつつも田宮に確認を取る。

「やはり、駅員が言っていた痴漢の被害者っていうのが、その……」

あとは言葉にできず、口を閉ざした納に、すでに躊躇《ちゅうちょ》を捨てた田宮はきっぱりと頷いてみせた。

「はい、俺のことです」

「失礼しました」

言いづらいことを、と納は恐縮してみせたあと、

「いえ」

と無理に笑った田宮を前に、ああ、と何かに気づいた声を出した。

「富岡さんが昨夜、普段は使わない路線に乗っていたのも、田宮さんと一緒だったからですね」

「…………まあ、そうです」

それすら言ってなかったのか、と溜め息を漏らした田宮の前で、納がほとほと感心した声を出す。

「本当に富岡さんは、ごろちゃ……失礼、田宮さんが大事なんですねえ」

「いや、そういうわけでは……」

田宮の否定を聞き、納がはっと我に返った顔になる。

「失礼しました。いや、その、そういう意味じゃないですよ」

慌てて言葉を足すと納が田宮に改めて頭を下げてきた。

「今の話の調書を取らせていただけますか？　捜査担当にもう一度話していただけると助かるんですが」

「勿論《もちろん》です」

それで富岡が解放されるなら。頷いた田宮に納が、

「ありがとうございます」

と頭を下げる。

田宮の頭に、一瞬、このことは高梨に告げないでほしいと口止めしようかという考えが浮かんだ。それを見透かしたように納がぼそぼそと話し始める。

「富岡さんが事情聴取を受けていることは高梨も気にしてましたから。状況は俺から連絡しておきましょう」

「……ありがとうございます……」

気遣いをみせる納に田宮は深く頭を下げた。

富岡に対しても納に対しても、そして高梨に対しても。自分は迷惑ばかりかけていると落ち込むあまり、がっくりと肩を落とした田宮を納が「行きましょう」と促す。

証言をすれば富岡への容疑は晴れる。田宮はそう確信していた。亡くなった人は気の毒だ

と思うが、一切関係はなくなる。その確信はあっさり裏切られることになるのだが、田宮にそれがわかるはずもなく、まずは富岡の疑いを晴らすことが先決だという決意のもと、納や橋本と共に新宿署内へと向かっていったのだった。

3

田宮が通されたのは小さな会議室だった。

「ちょっとお待ちくださいね」

橋本がそう告げ部屋を出ていった二、三分後、ノックと共にドアが開き、すらりとした長身の男が室内に入ってきた。

眼鏡をかけている、なかなかのイケメンである。

「…………」

おそらく彼が、事務職城田が言っていた刑事だろう。若そうに見えるから新人か。察した田宮が立ち上がったのと、男が口を開いたのが同時だった。

「新宿署の橘《たちばな》です。事情は納と橋本から聞きましたが、もう一度私にも話していただけますか」

「あ、はい」

表情も硬ければ口調も硬い。緊張しているのか。はたまた失敗すまいと虚勢を張っているのか。

どちらにせよ、あまりいい感情は持たれていないようだと察しながらも、田宮は橘という新人刑事の指示で再び腰を下ろし彼と向かい合った。

「お名前と勤務先を」

「田宮吾郎。T通商勤務で富岡の同僚です」

「先輩後輩ですか」

「はい」

「先輩にちょっと素直になるよう、言ってもらえませんかね」

橘が憮然《ぶぜん》とした声を出す。

「……あの……」

どうやら勘違いされているらしい。察した田宮は、橘の感情を害さないよう心がけつつ、彼の誤りを指摘した。

「先輩は私のほうなので……その、富岡にはきつく申し渡します」

「えっ?」

眼鏡の奥の橘の瞳が驚きに見開かれる。

「あなたが先輩?」

「はい、結構上になります」

年齢は二歳違いだが、学年は四つも上になる。『上司』という立場ではないものの、指導不足は詫びる必要がある、と田宮は改めて深く頭を下げた。

「申し訳ありません。富岡が非協力的な態度をとっていると先ほど納さんから聞きました。すぐに改めさせますので、彼に会わせてはもらえませんか」

「あの、田宮さん」

頭を下げたままの田宮の耳に橘の戸惑った声が響く。

「はい?」

何か、と顔を上げた田宮は、橘の問いに思わずずっこけそうになった。

「田宮さんっていくつなんです?」

「はあ?」

素《す》っ頓狂《とんきょう》といってもいい声を上げてしまったあと、慌てて「失礼しました」と詫び答えを返す。

「三十歳ですが」

「…………見えません……てっきり年下かと……」

動揺した様子でぼそりと呟いた橘が可愛らしく見えたこともあり、田宮はつい彼に年齢を尋ねてしまった。

「橘さんはおいくつなんですか?」

「僕は二十五です」

「……さすがに二十五以下に見えることはないと思うんですが……」

苦笑した田宮に橘が酷く真面目な顔のまま、

「いえ、見えました」

と頷いてみせる。

「新入社員だと思いました」

「……あの、それより富岡に会わせてはもらえませんか？」

若く見られて嬉《うれ》しいという気持ちは働かず、どちらかというとむっとしてしまいながら田宮はそう尋ねたのだが、途端に厳しい顔になった橘に、

「それはちょっと」

と阻まれてしまった。

「しかし彼は――事件には関係ないんです」

「その件ですが、昨夜なぜ富岡さんは被害者に『死ね』と言うことになったのか、田宮さんから説明してもらえますか？」

既に橘は最初に見せた緊張感を取り戻していた。

「わかりました」

説明すれば富岡への馬鹿げた取り調べも終わるに違いない。その確信を胸に田宮は昨夜の出来事を思い出せるかぎりあらいざらい橘に話した。

「なるほど。被害者はあなたに痴漢行為を働いた。あなたのかわりに富岡さんが彼を地下鉄からあの駅に引きずり下ろし、駅員のもとへと連れていった。そして逃走されたために『死ね』と罵った――ということですね？」

「そのとおりです……が、勿論本気で『死ね』と言ったわけじゃありません」

正しくは『いっぺん死ね』だったが、そこは訂正せずともよいだろう。そう思いながら田宮は頷き、

「ですから」

と言葉を続けた。

「富岡があの路線に乗っていたのは、私と一緒に帰っていたためで、被害者を罵倒《ばとう》したのもそういった事情があったからです。いわばほんの通りすがりの関係なんです。本気で『死ね』と言ったわけではないし、殺意など一ミリも持っていなかったはずです」

「なるほど。富岡さんが黙秘していたのは、田宮さんが痴漢に遭ったことを隠したかったからら……というわけですね」

橘が納得した様子で頷く。よかった。わかってくれたと安堵しつつ田宮は、

「そうなんです。先輩に気を遣ってくれたようです」

と笑顔で頷いた。

「……先輩思いなんですね」

含みを持たせた言い方になる橘に、田宮が慌てて言葉を足す。

「確かにそうではありますが、やはり世間的に見ても男が男に痴漢に遭うというのは恥ずかしいことだと、それを気にしてくれたんだと思います」

「そうでしょうかね？　大切な先輩に辱《はずかし》めを与えた相手を許せなかったということはありませんか？」

「辱めって……あなたねえ」

言ってて恥ずかしくないのか。田宮が呆れたのがわかったのか、橘は、はっと我に返った顔になると、

「ともかく」

と、いきなり会話を打ち切ろうとした。

「お話はわかりました。富岡さんにも田宮さん、あなたの仰《おっしゃ》ったことを伝えましょう。ただ、彼にはアリバイがないんです。動機はありますが」

「動機なんてないですよ！　あなた、本当に私の話、聞いてたんですか？」

興奮したあまり、思わず大声を出した田宮に、橘が淡々と話しかける。

「会社の先輩が痴漢に遭ったことを庇うために黙秘を貫くって、いくらなんでもやりすぎです。富岡さんがあなたに痴漢行為をした男性に対して、殺意を抱かなかったとはいいきれません」

「普通に考えてください。言い切れますって」

あくまでも富岡を解放しない気なのだろうか。一体どれだけ態度が悪かったんだ、と案じながらも田宮が橘に言い縋ったそのとき、

「任意やったら、アリバイがないいうだけで勾留するんは無理なんやないかと思いますけど」

ドアが開いたと同時に、馴染みのありすぎる関西弁が聞こえてきたことに田宮は驚き、椅《い》子《す》から勢いよく立ち上がった。

「あ、あなたは……」

愕然《がくぜん》とする橘の声に被せ、田宮の高い声が響き渡る。

「良平！　どうして……っ」

「かんにん。遅くなってもうたわ」

苦笑し、『や』というように右手を上げた高梨を前に、田宮も、そして橘も声を失いその場に立ち尽くしてしまったのだった。


「よかったな。釈放されて」

結局その後、高梨の——というよりは警視庁捜査一課勤務の『警視』の意見がとおり、逃

亡の可能性はないという理由から富岡は帰宅を許されることとなった。

「当たり前ですよ。何もしてないんだから」

富岡が不機嫌であるのは、長時間警察に勾留されたから——というよりは、釈放されることになったその理由が高梨が出張ってきたためだと察したからのようで、田宮の横でにこやかに微笑んでいた高梨に向かい、非常に無愛想な態度で、

「どうも、お世話になりまして」

と頭を下げていた。

「なんの。釈放は時間の問題やったと思うけど、無駄な時間をすごす必要もないさかいな」

高梨は笑顔でそう告げたあと、不意に真面目な顔になり、

「ほんま、申し訳ない」

と深く頭を下げ返した。

「いえ、自業自得ではありますし」

途端に富岡が慌てた様子で謝り返す。

「しかし驚きましたよ。偶然にしてもちょっとなんというか……」

気持ちが悪い、とも気分が悪い、とも言いかねたのだろう。語尾を濁した富岡と同じ気持ちを抱いていた田宮も、

「本当に……」

と頷く。

「容疑者は他にあがってないんですよね。僕がこれだけ長時間拘束されたところをみると」

富岡の鋭い指摘を高梨が苦笑で誤魔化し、

「ほな、送りますわ」

と覆面パトカーに案内しようとした。

「まさか逃走防止ですか」

富岡が顔を顰《しか》め、高梨を見返す。

「まさか」

笑った高梨だったが、富岡が、

「まだ僕の容疑、完全に晴れたわけじゃないんでしょう?」

と確認を取ると、困ったように笑い肩を竦《すく》めた。

「そうなのか?」

どうして、と田宮が目を見開き高梨と富岡、両方に尋ねる。

「アリバイがないんですよ。僕」

「アリバイ?」

「しかも犯行時刻の記憶もない」

「なんで??」

どういうことだ、と問い詰める田宮に富岡は、

「実は」

と照れたように頭をかきつつ説明し始めた。

「田宮さんと別れたあと、このまま帰るのも何かと思ってあの駅で降りて飲みにいっちゃったんですよ」

「一人で？」

「はい。あ、もしかしてジェラシー？」

富岡が嬉しそうな顔になり身を乗り出す。

「犯行時刻って夜中じゃなかったか？　夜中まで一人で飲んだのか？」

ニュースではそんなことを言っていた。思い出しつつ問いかけた田宮に、己の『ジェラシー』発言をすっかり無視された富岡は、苦笑しながらも答えを返した。

「一軒目の居酒屋でかなり気分よくなっちゃって。二、三軒ハシゴして、気が付いたらタクシーに乗ってました。家に帰ったのは深夜二時頃……だったかな」

「…………お前は…………馬鹿か？」

いつもの『馬鹿じゃないか』以上の厳しさで『馬鹿』という言葉を告げた田宮を、高梨が驚いて見やる。

「ごろちゃん……」

「その上、ずっと黙秘してた理由が、アリバイがないからだろうってあの新人刑事に思われたみたいで、また任意で呼び出すって言われちゃいました」

「言われちゃいましたじゃないだろ！　お前は本当にっ‼」

何をやってるんだ、と富岡に摑みかかる田宮を、

「まあまあ」

と高梨が窘める。

「良平からも言ってやれよ！　こいつ、状況を舐《な》めすぎてるだろ？」

「ごろちゃん、落ち着きぃな。犯人は僕ら警察が一日も早く捕まえるよって。そしたら富岡君の容疑も晴れるやろ」

高梨の言葉を聞き、途端にバツの悪そうな顔になった田宮が頭を下げる。

「ごめん、良平……そうだよな」

「あの……田宮さん？」

いきなり怒り出した挙げ句、しゅんとなった田宮を訝ったらしい富岡が、戸惑いながら声をかけてくる。

「そうだ、富岡」

と、田宮は何を思ったのか、富岡へと視線を移すと問いを発した。

「お前、昨夜飲んだ店、覚えてるか？」

「一軒目と二軒目はかろうじて……三軒目は……行ったと思うんですけど、思い出せないですね」

「店名、教えろ」

「田宮さん？」

どうして、と戸惑う富岡の横から、高梨が複雑そうな顔で田宮に声をかける。

「ごろちゃん、聞き込みやったら僕らがやるから。タクシーの運転手もちゃんと探すし、安心しいや」

「あ、うん。勿論、警察を信頼してるよ」

田宮が慌てた様子で高梨に答え、富岡にも笑顔を向けた。

「大丈夫だよ。良平が無実を証明してくれるから」

「…………」

富岡は何かを言いかけたが、ふっと笑うと、

「『良平』ありがとう」

語尾にハートがついているような口調でふざけてみせた。

「君に『良平』言われると、気色悪いわ」

高梨もまたふざけてみせる。

「……あ、ごめん……」

二人の態度は自分を気遣ったものだと敏感に気づいた田宮は、高梨と富岡、両方に詫びると、俯いたままぼそりと呟いた。

「容疑者とか、なるもんじゃないからさ」

「え？」

ピンとこなかった富岡が問い返した横で、高梨はすぐ、田宮の心情を察した。

「任しとき。富岡君を容疑者なんぞにさせへんて」

にっこり、と笑い田宮の肩を抱く。

「……あ……」

ようやく富岡は、田宮の発言の意味を察した。

かつて田宮は、殺人事件の『容疑者』に仕立て上げられたことがあった。富岡はそのとき別部署にいたため殆ど情報は入ってこなかったのだが、会社からも謹慎を言い渡され、まさに苦境に立たされていたという。

その頃のことを思い出したのだろうか。確認を取ろうと口を開きかけた富岡に、高梨が声をかける。

「僕はこのあと捜査会議があるさかい外せないんですが、他のモンに送らせます。なに、監視いう意味やありません。長い時間、お手間とらせてもうたことへのお詫びです」

いきましょか、と高梨が富岡に微笑んだあと、視線を田宮へと移す。

「ごろちゃんも一緒に帰りや。富岡君と一緒、いうんは気分よくないけど、そうも言うておられんし」

「大丈夫だよ。自分で帰るから」

「いやいや、一緒に帰りましょう」

富岡が田宮と肩を組もうとする、その手を高梨がぴしゃりとはねのける。

「いた」

「ごろちゃん、遠慮せんでええて。竹中に送ってもらうさかい」

竹中、と傍にいた部下を呼びつける高梨に田宮は、尚も『大丈夫』と言おうとしたが、車中、富岡から詳しい話が聞けるかと思い直し、「ありがとう」と礼を言った。

高梨は自分の発言どおり、田宮と富岡が二人して覆面パトカーに乗り込むときには『気分のよくない』顔をしてみせたものの、すぐ笑顔になると手を振り送り出してくれた。

先に田宮の家に――高梨の官舎に向かうことになったため、田宮はすぐさま富岡に、

「なあ」

と、話しかけた。

「なんです?」

「店名、教えてくれ。あとタクシー。いつもの癖で領収書もらってるだろ?」

「『良平』に任せるって言ったじゃない」

「お前が『良平』って言うなよな」

口を尖らせつつも田宮は富岡に再度店名を尋ねた。

「一軒目は『まぐろ』だったかな。看板通り、マグロづくしの店でした。二件目は『Bird』……駅の近くだったような。三軒目はほんと、覚えてないんです。ショットバーみたいな感じで、結構混《こ》んでいたような……」

「店の内装は？　バーテンはどんな感じだったか？」

田宮の問いに富岡は、暫《しば》し考えたあとに、

「覚えてないですねえ」

と申し訳なさそうな顔になった。

「そうか………」

どうしよう。そう言いたげな田宮の、心配そうな表情を見やりながら、富岡がずっと気になっていたことを問うてきた。

「あの、田宮さん。もしかして責任感じてます？」

「え？」

目を見開く田宮の様子から、自分の勘違いかと察した富岡が、

「あ、なんでもないです」

と言ったのと、富岡の思考に気づいた田宮が、

「勿論、責任感じているけど」

と口にしたのが同時だった。

「その必要はありませんよ」

富岡が苦笑し、田宮の肩に腕を回す。

「なんだよ」

その手を振り払おうとした田宮の顔を覗き込み、富岡が改めて問いかけた。

「どうしてそんなに親身になってくれるんです?」

「え?」

「期待、しちゃいますよ」

ふふ、と笑った富岡が田宮の肩を抱き寄せる。

「そういうつもりはないんだけど」

ぺし、と肩に回る富岡の手を叩いた田宮に富岡が、

「じゃあなぜなんです?」

と尚も顔を覗き込む。

「それは……」

田宮が言葉を選んでいたそのとき、運転席からおずおずと竹中が声をかけてきた。

「そろそろ警視の官舎なんですが……」

「あ、ありがとうございます」

会話が中断されたことをどこかでほっとしつつ田宮は竹中に礼を言った。

「田宮さん」

不満げな顔になる富岡に田宮は、

「また、明日な」

と笑いかけ、官舎前で車を降りた。

「……また明日」

いかにも不本意そうな表情の富岡を乗せた車が遠ざかっていく。

「…………」

まだ富岡の容疑は完全に晴れてはいないというが、まさか最有力容疑者というわけではないだろう。

富岡が被害者に対し『死ね』と言ったのは事実であるが、殺意はまるでなかったはずである。

一日も早く犯人が捕まるといい。富岡の出頭は任意ではあったが、会社の受け止め方も気になる。

まあ、自分のときのように謹慎処分などは下らないだろうが――溜め息を漏らす田宮に過去の記憶が蘇《よみがえ》る。

かつて田宮のアシスタントの女性が殺害され、田宮は最有力容疑者として警察にマークされた。その際、会社は田宮に謹慎処分を申し渡したのだったが、それはマスコミ対策もかねてのことであり、富岡の場合は当てはまらないだろう。

案ずることはない。杞憂《きゆう》だ。自身にそう言い聞かせる田宮の脳裏を、昔、自分に謹慎処分を伝えてくれた『親友』の悔しげな顔が過《よ》ぎる。

「大丈夫だ」

田宮は頭を振ってその『顔』をふるい落とすと、はあ、と大きく息を吐き出し気を取り直してから、官舎のエントランスを潜《くぐ》ったのだった。

しかしながら田宮の心配は杞憂に終わらなかった。翌朝、出社した田宮は富岡に対し会社が謹慎処分を下した旨を知らされることとなったのである。

「どういうことなんです？」

田宮が出社したときには既に、富岡は自宅に戻ったあとだった。謹慎処分が下ったと教えてくれたのはアシスタントの城田で、田宮はとても納得がいかず、思わず部長のデスクへと向かい、

「人事からの通達だから」

ですませようとする彼に食ってかかっていた。

「納得できません！」

「おい、田宮」

大声がフロアに響き渡ったためだろう。先輩の杉本が慌ててやってきて、田宮をとめようとする。

「納得できるもできないも、人事の決定だ」

部長はそれだけ言うと田宮に、

「席に戻りなさい」

と命じ、自分は立ち上がりフロアを出ていってしまった。

「部長、待ってください！」

「戻ろう」

あとを追おうとする田宮を杉本が腕を摑んで引き留める。

「俺、人事にいってきます」

その手を振り払うと田宮は、杉本の制止も聞かず人事部に駆け込んだ。

「田宮さん」

人事部長秘書の西村《にしむら》という事務職は富岡の同期で、彼とは親しい間柄である。社内一の美人とも噂《うわさ》される彼女は田宮の姿を認めると泣きそうな顔になり駆け寄ってきた。

「部長、いる？」

「今、社長に呼ばれてます。田宮さん、あの……っ」

いつもは服装や髪型に加え、表情もキメにキメているため、澄ました印象のある彼女が、動揺していることを隠そうともせず田宮に縋ってくる。

「トミーが容疑者って、一体どういうことなんです？　警察はまさか本気でトミーを疑っているわけじゃないですよね？」

「うん、大丈夫。そんなことはないから」

安心させてやろうと田宮はそう告げ、頷いてみせたのだが、続く西村の問いには答えようがなく言葉に詰まることとなった。

「そもそもなんでトミーが容疑者になったんです？　ニュース観ましたけど、誰あれ？　って感じの人でした。トミーはどこであの被害者と接点を持ったんですか？」

「それは……」

説明すると長くなる上、自分が痴漢に遭ったからだとは少々言いづらい。言いよどみ、視線を逸《そ》らせたその先に人事部長の姿を認めた田宮は、

「ちょっとごめん」

と西村に謝ると、人事部長へと駆け寄っていった。

「部長、すみません。富岡の謹慎処分についてお話があるんですがっ」

「君は確か……」

人事部長が田宮の前で眉を顰める。田宮は部名と自分の名を告げると再び、

「富岡の処分についてですが」

と話をそこへと戻した。

「なんだね」

「謹慎と聞きましたがなぜですか。富岡にはなんの落ち度もありません」

きっぱりと言い切った田宮に部長は、

「君に説明する義務はない」

とだけ告げ、田宮を押し退《の》けるようにして自席へと戻ろうとした。

「待ってください！　処分を撤回してください！」

田宮が追い縋り、人事部長の腕を掴む。

「離しなさい」

「お願いです。撤回してください。富岡は罪を犯してなどいません。謹慎処分にされたことで、社内の人間が富岡が何かしたと思う可能性が出てきます。何も悪いことをしていない富岡にとってそれはあまりに酷すぎます！」

「離しなさい」

田宮の腕を振り解き、人事部長が席に戻ろうとする。

「部長！」

それでも部長に縋ろうとする田宮を止めたのは西村だった。

「田宮さん、落ち着いて」

「……あ……」

田宮が怯《ひる》んだ隙に部長は自席へと戻ってしまった。

「……ごめんなさい……」

項垂《うなだ》れ、謝罪する西村に、田宮もまた慌てて謝罪と感謝の言葉を告げる。

「こちらこそ悪かった。頭に血が上ってたよ。ごめん。ありがとう」

「…………いえ…………」

西村が泣き笑いのような顔になり首を横に振る。

「田宮さんまで謹慎になったら、大変ですから」

「……大丈夫だよ。西村さん」

田宮はそんな西村の肩に手を置くと、きっぱりとそう言い頷いてみせた。

「え？」

「富岡の無実は俺が証明してみせるから」

任せてくれ。頷いてみせた田宮に、勝算があるわけではなかった。

「田宮さん、どうか無理だけはしないでくださいね？」

それを察しているのか、西村が心配そうに声をかけてくる。

「大丈夫だよ」

微笑み、頷いた田宮は西村の肩をもう一度ぽんと叩くと、そのまま人事部のあるフロアをあとにした。

エレベーターホールに向かいながら今日の予定を頭に思い浮かべ、すべてキャンセルできる、と確認して一人頷く。

富岡の謹慎を解くには、無実を証明するしかない。彼から聞き出した情報をもとに足取りを追い、殺害時刻に確固たるアリバイを証明すればいい。

その『アリバイ』なんとしてでも俺が見付け出してやる——一人心に誓う田宮の胸に使命感が燃えさかる。

警察を信用していないわけではない。が、自分でも動きたいのだ。言い訳がましく心の中で呟く田宮の頭にはそのとき、『任しとき』と微笑んだ愛しい恋人の顔が——高梨の顔が浮かんでいた。

4

自分の席に戻ると田宮は、今日アポイントメントが入っていた取引先にキャンセルの電話をかけたあと、机の引き出しを引っかき回して、部の懇親会で富岡と無理矢理撮らされたツーショット写真を探し出した。

その後田宮は有休を申請すべく課長を探したが、外出していたためメールでその旨を伝え、一連の動作を心配そうに見やっていた杉本に、

「すみません、今日休みます」

と声をかけてからフロアを走り出た。

「田宮、おい、どうするつもりだ?」

追いかけてきた杉本の声を背中に聞きながら、ちょうどやってきたエレベーターに走り込み、『閉』のボタンを押す。

富岡の謹慎処分を撤回するには彼が事件とは無関係であると証明すればいい。それには犯行時刻の富岡のアリバイを立証する必要がある。

田宮はそう考え、自力で聞き込みをしようと思い立ったのだった。富岡の写真を見せて回

り、彼が三軒目に飲んでいたバーを探し出す。

バーは午前中の今、営業していない店がほとんどだとわかってはいたが、夜まで待つことは気持ち的にできなかったのだった。

富岡は二軒目までは覚えていた。タクシーでその近辺まで向かった田宮は、ちょうどゴミだしをしていた従業員に、

「あの、すみません」

と声をかけた。

「はい？」

「すみません、一昨日《おととい》の夜、彼、来ていましたよね？」

言いながら写真を見せると、若い従業員は「えー？」と首を傾げつつ写真を受け取った。

「一昨日？」

「はい。多分泥酔して」

「泥酔………」

若い男は宙を睨《にら》んでいたが、やがて、

「ああ、思い出した。いたいた。いました」

と笑顔になった。

「最後寝ちゃってましたよ。で、看板ですって追い出したんでした」

「そのあともう一軒行ってるんですが、どこに行ったかわかります？」

勢い込んで尋ねる田宮に男は、

「さあ……」

と再び首を傾げた。

「どっちの方向に向かったか、でもいいんですが」

尚も尋ねる田宮に男は、

「いや、自分はドアまでしか見送ってないんで」

と困った顔になり頭をかいた。

「……そうですか……」

ありがとうございます、と頭を下げた田宮に、野次馬心を刺激されたのか男が逆に問いかけてくる。

「そのサラリーマンの足取り追ってるんですか？　一体なにしたんです？　その人」

「いや、何もしていないんですが……」

何もしていないことを証明するために聞いているのだが、それを説明するわけにはいかず、田宮は適当に言葉を濁し、その場を去ろうとした。

が、ふと思いつき、男に新たな問いを発する。

「あの、警察の人が聞き込みに来ていませんか？」

「警察？　え？　なに？　事件なの？」

俄然《がぜん》興味を惹《ひ》かれたらしい男が田宮の腕を摑む。

「あ、いや、その……」

「警察は来てないよ。てか、あなた誰？　探偵とか？　サラリーマンに見えるけど」

「サラリーマンです」

「なんでその人のこと、聞いてるの？」

「その……」

事件に巻き込まれたので当日のアリバイを探していると説明した場合、すぐに最寄り駅での殺人事件と関連づけられるに決まっている。

今後警察が聞き込みに来るかはわからないが、もしきた場合、この男にそんな印象を与えるのはあまりいいこととは思えない。

どう答えたらいいのだ、と田宮が困り果てていたそのとき、

「ごろちゃん！」

不意に聞き覚えのありすぎる声で名を呼ばれ、はっとして声のほうへと視線を向けた。

「『ごろちゃん』？」

従業員の男もまた、訝しげに声の主を見やる。

「なにしとるの。こんなところで……」

心底驚いた様子で二人に近づいてきたのは、田宮の恋人にして警視庁捜査一課の刑事、高梨だった。傍に納もいる。

「良平……」

どうして、と問おうとして、まさに警察の裏付け捜査が始まったのかと察した田宮の口から謝罪の言葉が漏れる。

「ごめん……」

「ええけど……」

高梨は困ったように笑ったあと、納に向かい、

「サメちゃん、悪いけどここ、頼むわ」

と言い置くと、田宮の背に腕を回した。

「お、おう」

納が頷き、従業員の男に向かい警察手帳を示してみせる。

「ちょっとええかな」

それを横目に高梨は尚も田宮の背を促し、少し離れた場所に連れていった。

「どないしたん？」

改めて問われた田宮は、

「警察の捜査の邪魔をしようとしたわけじゃないんだ」

そう告げたあとに、いかにもな言い訳だと自覚し、はあ、と短く息を吐いた。

「ごろちゃん？」

「……富岡が謹慎を申し渡されてさ」

田宮は富岡が人事の処分を受けたことを説明し、処分を撤回するには富岡が事件とは無関係であると証明するしかないと思ったのだ、と再び頭を下げた。

「ごめん。良平の――警察の邪魔をする気は毛頭なかったんだよ。ただ、何かしないではいられなかっただけで……」

「謝らんかてええよ。ごろちゃんの気持ちはわかるさかい」

高梨が苦笑し、田宮の頭に、ぽん、と掌を載せる。

「責任を感じたんやろ？　わかるけど、でもな」

ここで高梨は少し言葉を途切れさせたものの、すぐ笑顔になり口を開いた。

「ここは僕に――警察に任せてほしかったわ。頼りない、思わせた僕らに責任があるんやけど」

「そんなことない！　頼りなくなんてないよ」

警察が頼りないから動こうと思ったわけではない。田宮はそう主張しようとしたのだが、高梨はそれを田宮の気遣いととったようで、

「ええて」

と笑い、話を切り上げようとした。

「ともあれ。ここは僕ら警察を信じてや。富岡君の無実を一日も早く証明するさかい。ごろちゃんは大人しく待っとって」

にっこり、と高梨が微笑み、また田宮の頭をぽん、と叩く。

「……わかった……」

自力で確かめたい気持ちは未だ胸にあった。が、高梨の迷惑になることだけは避けたいという気持ちが勝り、田宮は言葉少なく頷くと、一言、

「ごめんな」

と高梨にまた詫びた。

「ごろちゃんが責任感じとる、いう気持ちはわかってるさかい」

気にせんでええよ、と高梨に微笑まれ、田宮はますます何も言えなくなってしまった。

「そしたらな」

高梨が自分の前から去っていく。

責任を感じているがゆえの行動だと高梨は思っている。確かに責任は感じていたが、それだけが理由ではないんだよな、と田宮は溜め息を漏らし、遠ざかっていく高梨の背を見やった。

田宮の胸に、高梨の制止を無視し、自分も富岡の足跡探しを続けたいという衝動が沸き起

こる。

高梨ら警察の捜査能力を疑っているわけではない。でも自分でも何かしないではいられないのだ。

しかし——高梨の掌が先ほどまで置かれていた髪をかき上げ、溜め息を漏らしたそのとき、田宮の携帯が着信に震えた。

「……あ……」

ディスプレイを見やり、かけてきたのが富岡とわかると田宮はすぐに応対に出た。

「富岡？」

『田宮さん、今どこです？』

電話の向こうの富岡は酷く焦った声を出していた。

「どこって……」

言いよどんだ田宮の耳に、富岡の、やれやれ、と言いたげな溜め息が響く。

『西新宿五丁目駅付近……でしょう？』

「え、どうして……」

わかったのだ、と問おうとした田宮の耳に、またも溜め息を響かせたあと、富岡は、

『駅前のマックで会いましょう』

と告げ、電話を切ってしまった。

「え？　うそだろ？」

富岡もまた近くにいたのか、と驚き、電話に呼びかけるも、既に切れたあとで、かけなおしても繋がらない。

話は電話ではなく直接会ってしよう。そういうことかと判断すると、田宮は富岡の指定した駅前のファストフード店へと急いだ。一刻も早く富岡を彼の自宅へと戻さねばと思ったためである。

『やれやれ』はこっちだ。謹慎処分が下されているのに外をうろついていいわけがない。確かに納得できない処分ではあるが、従わなければ富岡の社内での立場はますます悪くなる。

わかっているだろうに、と半ば憤りながら田宮は街を駆け抜け駅前へと向かった。

店内に入り、中を見回す。

「あ、田宮さん」

先に到着していた富岡は、自分と田宮、二人分のコーヒーを既に買って座っていた。

「お前、何してるんだよ。家にいなきゃ駄目だろ」

さあ、帰ろう、と富岡の腕を摑み立ち上がらせようとする。

「田宮さんこそ、会社、どうしたんです？」

その手を逆に摑むと富岡は田宮に、座ってくれ、と目で示した。

「俺はいいんだよ」

「よくないですよ。とにかく、座って」

話はそれからです、と富岡は田宮の腕を引き強引に座らせると、

「はい」

とコーヒーを差し出した。

「お前なあ」

呑気《のんき》すぎるだろう、と非難の言葉を口にしようとした田宮の声を富岡が遮る。

「西村から電話があったんです。田宮さんが人事部長に食ってかかったって」

「…………」

さすが同期。さすがツーカー。富岡と西村の仲の良さは田宮も把握していたが、ここまでとは、と半ば呆れ、半ば感心して口を閉ざす。

「で、心配になってあなたの席に電話を回してもらったら、いきなり有休とって出ていったっていう。なら行き先はここでしょ、と携帯に電話をしたってわけです」

富岡は一気にここまで説明すると、

「にしても」

と不意に真面目な顔になり、田宮を見据えた。

「なんだよ」

「無茶しすぎでしょう。人事部長に怒鳴り込むだなんて」

「お前こそ」

人のことを言えるのか、と田宮もまた富岡を見返すと、富岡は困ったように笑い、ぽつりとこう呟いた。

「期待させないでくださいよ」

「期待？」

意味がわからず問い返した田宮は、返ってきた富岡の答えに、あ、と声を上げそうになった。

「そんなに僕のために一生懸命になってくれちゃうと、あなたにとって僕は特別な相手なんじゃないかと期待してしまう」

「……責任……感じてるんだよ」

高梨の言葉が頭の中に巡る。

責任は確かに感じている。が、それだけかと言われたらそうとは頷けないものがあった。とはいえ、それは富岡の言う『特別な相手』というのとも違う。

強《し》いていうなれば——いつしか一人の思考の世界にいた田宮は、富岡の自嘲《じちょう》気味の声に、はっと我に返った。

「わかってましたけどね。あなたがどれだけ責任感が強いかってことは」

「…………うん…………」

頷く田宮の脳裏に、ふと、ある男の影が差す。

『俺はお前を信じているからな』

「……宮さん？　田宮さん？」

田宮は富岡に肩を揺すぶられ、またも我に返った。

「あ、ごめん」

「どうしたんです？　ぼんやりして。体調でも悪いんですか？」

心配そうに顔を覗き込んでくる富岡の瞳が、あまりに近いところにある。

『近いって』

普段の田宮なら乱暴に彼の肩を押しやっていたところだが、今、田宮は富岡の瞳にある男の優しい眼差《まなざ》しを重ねてしまっていた。

『俺はお前を信じているからな』

「田宮さん？」

大声で名を呼ばれ、はっとする。

「まったく。どうしたんです？　まさかとは思いますが、僕の言葉にショックを受けたんですか？」

「あ、いや、その……」

なんでもない、と首を横に振る田宮に尚も顔を近づけ、富岡が心配そうな声を出す。

「責任なんて感じる必要ないんですよ？　僕が勝手にしたことなんですから。いつもみたいに『馬鹿じゃないか』と呆れてればいいんですよ」

「…………」

いつの間にか焦点が合わないほど近いところにある富岡の黒い瞳を田宮は思わずじっと見つめてしまっていた。

「ほら、わかったら会社に戻ってください。そもそも僕は犯人じゃないんですから、謹慎処分なんてすぐ解けますよ。あなたが案じる必要なんて一ミリもないんですから。ほら」

帰りましょう、と微笑み、富岡がすっと身体を離す。立ち上がろうとする彼の腕を田宮は無意識のうちに摑んでしまっていた。

「田宮さん？」

「ならなんでお前、ここにいるんだよ」

強く引っ張り、再び腰を下ろさせた富岡に対し身を乗り出し、田宮が問いを続ける。

「自分のアリバイ、証明しようとしたんだろう？　お前自身が案じてるのに、どうして俺が心配しないでいられるなんて思うんだよ」

「だからっ」

富岡が不意に大声を出したかと思うと、未だに己の腕を摑んでいた田宮の手をぎゅっと握りしめてきた。

「おい……っ」

はっとし、手を引こうとした田宮のその手を尚も握りしめ、富岡もまた身を乗り出し田宮に訴える。

「期待しちゃいますよ？　そんなに心配されると、僕はあなたの特別だって」

さっきも言いましたよね？　と目を覗き込まれ、田宮は言葉に詰まった。

「期待してもいいってことですか？」

富岡が尚も顔を近づけてくる。

黒い瞳に己の顔が映る。そのとき田宮は自分でも思いもかけない言葉を富岡に告げてしまっていた。

「……友達じゃ……駄目なのか？」

「え？」

富岡が驚いた様子で目を見開く。

「……ごめん、なんでもない」

戸惑う富岡から目を逸らし、そう告げる田宮の声は震えていた。

「田宮さん？」

「……とにかく、お前は家に帰れ。俺も帰るから」

目を逸らせ、そう告げる田宮の脳裏に、あまりにも懐かしい友の顔が浮かんでは消える。

「……本当に帰るんですか？」

富岡は不可解な顔をしていたが、田宮が、高梨と会ったことを告げると、

「なるほど」

と納得した表情になった。

「『良平』に帰れと言われちゃ、帰らざるを得ませんよね」

「…………大丈夫。良平がお前の無実を証明してくれるから」

普段であれば田宮は富岡の『良平』呼びを嫌がり、訂正させる上、富岡の前では自分も『良平』とは呼ばない。

それゆえ富岡は更に戸惑った表情を浮かべたのだが、田宮がそれに気づくことはなかった。

「大丈夫だから」

自分に言い聞かせるようにして繰り返した田宮を富岡は暫し見つめていたが、やがてふっと笑うと、

「行きましょうか」

と立ち上がった。

二人して駅に向かい歩く間、会話はなかった。

改札を潜り、それぞれ逆方向のホームに向かおうとしたとき、富岡が、

「ああ、そうか」

と何か思いついた声を出した。

「なに？」

「田宮さんも、その……前に謹慎処分になったんでしたっけ」

言いづらそうに告げる富岡の躊躇の理由はすぐ、田宮にもわかった。

『前に容疑者になったとき』――彼はそう言いたいのだろうと察し、田宮は敢えて淡々と、

「うん」

と頷いてみせた。

「もしかしてそのとき、つらい思いをしたから……ですか？」

富岡の問いに田宮は少し考えたあとに、

「いや」

と首を横に振った。

「つらくはなかった？」

「うん」

頷く田宮の耳に、幻の友の声が蘇る。

『俺はお前を信じているからな』

「どうして？」

富岡に問われ、田宮は頭に浮かんだままを答えていた。

「支えてくれた人がいるから」

「ああ、良平に？」

妬《や》けますね、と苦笑する富岡に田宮は一瞬首を横に振りかけたが、すぐに我に返ると、

「まあ、そうだよ」

と頷いてみせた。

「…………」

富岡は何か言いたげな顔になったが、すぐ、

「それじゃ、お疲れ様でした」

と笑うと、ホームへの階段を降りていった。

「…………お疲れ…………」

その背に声をかけ、田宮もまたホームの階段を降り始めたのだが、今や彼の心はここにあらずという状態だった。

懐かしい記憶が次から次へと押し寄せ、堪《たま》らない気持ちが募る。

『俺のことよりまず、自分の心配しろよ』

苦笑するかつての友の顔が、優しげなその声が、次々と蘇り、ますます堪らない気持ちに陥っていく。

心の友と書いて『心友』——照れながらもそう認め合った男の面影を思い起こす田宮の瞳

は今、堪えきれない涙で潤んでしまっていた。

泣いている場合じゃない。何か自分にできることを考えよう。

自身に言い聞かせ、ホームへの階段を駆け下りながら田宮は、手の甲で目を擦《こす》って涙を拭《ぬぐ》うと、果たして自分には何ができるかを必死に考え始めたのだった。


高梨の努力が稔《みの》り、富岡が三軒目に訪れた店は判明したものの、彼のアリバイは成立しなかった。

その店は午前零時には閉店するため、富岡もその時刻に追い出されており、それから午前二時にタクシーに乗るまでの間の彼の動向は未だ明らかになっていなかったためである。

「やっちゃねえとはわかっちゃいるが、証明できねえことにはどうしようもねえな」

高梨に同行していた納が悔しげな顔になる。

「ほんまやね」

高梨もまた悩ましげな表情となり、ぼそりと呟いたが、彼の脳裏には田宮の思い詰めた顔があった。

「……ま、お前が気にするのもわかるが、富岡君は別に本命じゃねえから。案ずることはないと思うぜ？」

納のフォローを高梨は「せやね」と微笑みで受け止めたのだが、それでも彼の胸の中には、釈然としない思いが溢《あふ》れていた。

が、そうもいっていられない、と高梨は納に、

「ほんま、かんにんな」

と両手を合わせて拝むと、本来彼が参加すべき捜査へと戻ることにした。

「おう、そっちも頑張れよ」

納も笑顔で手を振り返す。

富岡が容疑者の一人とされた関係で、高梨はその事件の捜査に参加することができなくなった。富岡とは『親しい』わけではないものの、『知人』であることにかわりはない。

そんな高梨と、そして捜査から外されている納が今日、富岡の足取りを探ることになったのは、前日、田宮が新宿署を訪れたためだった。

高梨は一応、上司の許可を得てきたと言っていたが、同じように『許可を得た』と彼に告げた納は、課長に内緒で動いていた。

それを言えば高梨が気にするだろうと思ったのだが、どうやら気づかれていたらしい、と肩を竦める。

納が高梨と共に富岡のアリバイを成立させるべく動いているのは、高梨への友情でもあり、

憧れの存在といっていい田宮の望みをかなえたいという気持ちもあったが、一番の動機は富岡の疑いを晴らしたいというものだった。

富岡とは行きがかり上、何度か飲みに行ったことがある。その程度で友情を育《はぐく》めているかと人に問われた場合、そこまででは、と首を傾げるような仲ではあったが、それでも納は富岡に対し『知人』という思い以上の何かを感じていた。

シンパシーとでもいうのだろうか。富岡側では自分のようなヒラ刑事に対し、どのような感情を抱いているのかわからないものの、彼が窮地に陥ったのであれば助けたいと、思わないではいられなかった。

今はそれほど大きな事件の捜査中というわけでもないし、あと数日は好きにさせてもらおう。納は一人呟くと、富岡の無実を証明するべく、再び街へと繰り出したのだった。

5

高梨《たかなし》は大急ぎで、本来自分がせねばならない仕事へと戻った。

今、彼が担当しているのは大阪府警から協力要請のあった謎《なぞ》の事件で、高梨は最有力容疑者とされている、事件現場にいた男の身辺を洗っていた。

「あ、警視、お疲れ様です」

聞き込みに戻った高梨を、竹中《たけなか》が労《いたわ》る。

「どうや」

「事件に関係あるかはちょっとわからないんですが、容疑者、どうもゲイらしくって、いくつかトラブルを抱えていたようですよ」

「トラブル？」

どういう、と尋ねた高梨に竹中が心持ち声を潜め、答えを教える。

「脅迫したりされたり……本人は殺人に発展するようなトラブルはないと言っているようですが、実際は充分、ありそうな感じです」

「脅迫って、ネタはゲイやっちゅうことか？」

高梨の問いに竹中が、少々答えづらそうな素振りをしつつ頷《うなず》く。

「まあ、そんなところで……」

「あはは、気ぃ遣うなや。僕は誰にも脅迫されてないやろ」

高梨は敢《あ》えて明るく笑い飛ばすと、

「で？　どないなネタや」

と竹中に話の続きを促した。

「はい。山田《やまだ》がゲイ絡みで脅迫されていたと思《おぼ》しきケースが一件、逆に彼が脅迫していたと思しきケースは二件ありましたが、どちらも金で解決しているようですね」

竹中が手帳を捲《めく》り、概要を話し始める。

「山田が脅迫されていたのは、彼が大学生の頃に家庭教師をしていた青年でした。速攻示談でしたよ。逆に彼が脅迫した相手は、出会い系サイトで知り合ったサラリーマンです。こちらも金で解決したそうです。金額は五十万。これは念書を交わしていたこともあり一回きりだったとのことでした」

「脅し脅され……か。もう一件の脅しは？」

問いかけた高梨に対し、竹中は申し訳なさげな顔になると、

「まだ『ヤマシタキヨシ』という名しかわからないんです」

と頭を下げた。

「そらお前、『僕、おにぎりほしいな』やろ」

偽名としか思えない。そう告げた高梨の前で竹中が、

「ですよねー」

と項垂《うなだ》れる。

「どないしたん？」

はあ、と溜《た》め息《いき》を漏らした竹中に高梨が問いかける。

「今、特定を急いでいます……が、山田にはどうも他に脅迫者の影がちらつくんです。ソッチは偽名すらわかってないんですが」

「脅迫されとるから自分も脅迫して金、集めるしかなかった……いうことか」

あるな、と頷いた高梨だったが、

「ですが」

と竹中ががっくりと肩を落としたのに、どうした、と彼の顔を覗《のぞ》き込んだ。

「その脅迫者が被害者の南原《なんばら》なんじゃないかと思ったんですが、小池《こいけ》さんの話によると被害者はゲイでもないし、金の流れ的にあやしいところはなかったっていうんです」

「さよか」

相槌《あいづち》を打ちながらも高梨は、それはないだろうな、と実は既《すで》にその答えを予測していた。

山田は被害者とはまったく面識がないと言い切っている。誘拐され、気が付いたら死体と同

じ部屋にいた。殺してなどいないと彼は主張しているが、警察が調べればすぐ、自分が脅迫されていたことも明らかになるというくらいの頭は働くだろう。

すぐに繋《つな》がりがわかる相手を殺すのに、わざわざ自分が疑《うたが》われるような状況で行うとは考えがたい。

だが脅迫者の線は気になる、と高梨は、

「ともかく、我々は『おにぎりほしいな』の特定と他の脅迫者の選定を急ごう」

と竹中の肩を叩くと、

「ぼ、ぼくはね」

と物真似《ものまね》を始めた彼の背をどやしつけ、聞き込みへと向かったのだった。

翌朝、田宮《たみや》が出社すると、彼の席には人事のマドンナ、西村《にしむら》が座っていた。

「西村さん」

「田宮さん、ちょっといいですか」

思い詰めた顔の彼女に田宮は「勿論《もちろん》」と頷くと、静かに話ができる場所に行こう、と自動販売機コーナーしか開いていない社員食堂へと誘った。

「トミー、大丈夫でしょうか」

田宮の買ってあげたコーヒーを両手で包み込むようにして持ちながら、西村が問いかけてくる。

「……昨日、現場近くで会ったよ」

田宮は溜め息交じりにそう言うと、自分用にも買ったコーヒーを一口飲んだ。

「やっぱり、出歩いてるんですね。謹慎中なのに……」

西村がますます心配そうな顔になる。

「ちゃんと家に帰らせたよ。捜査は警察に任せろと言って」

「……そう、ですか……」

社食に西村の溜め息が響き渡る。

「俺もあとで電話してみるけど、西村さんからも言ってやってくれ。自分で動こうとするなって。誰も会社の人間はお前が罪を犯しただなんて思ってないからって」

「……でも、警察は……」

疑っているのでしょう？　と問う彼女に田宮は、

「それはないと思う」

きっぱりそう言い切った。

「警察も富岡が殺したとは思ってないよ。動機が弱すぎるもの。会社の対応がオーバーすぎるんだよ」

謹慎だなんて、と唇を噛《か》んだ田宮に西村が、

「あの」

と言いづらそうな顔で声をかけてきた。

「なに？」

「以前、田宮さんも謹慎処分に遭ったんですよね」

「うん」

頷いた田宮は、西村を元気づけてやろうと敢えて明るく話し出した。

「あのときは俺が最有力の容疑者だったから。もう四面楚歌でさ。でも富岡《とみおか》の場合は違うよ。君も、それに俺も、部の連中も皆、彼が犯人だなんて思ってない。だから大丈夫だよ。富岡も特に自暴自棄になってなかったし」

「……田宮さん、自暴自棄になってたんですか？」

西村の問いに田宮は一瞬絶句したものの、すぐ、

「いや」

と笑顔で首を横に振った。

「たった一人だけど、社内に味方がいたから」

「それって……」

西村は何か言おうとしたが、思い直したらしく、

「あ、なんでもないです」

と微笑み、話を変えた。

「安心しました。トミー、警察に容疑者扱いされていると思ってたから」

「あいつも不器用というか……ああ、違うな。天《あま》の邪《じゃ》鬼《く》？　そんな悪い面が出たせいで、拘束時間が長くなっただけでほんと、警察ももう、富岡を疑っていないはずだよ」

田宮の言葉を頷きながら聞いていた西村は、不意に、ふふ、と笑うと、それまで口をつけていなかったコーヒーを一口飲んだ。

「頼もしいです。田宮さんが味方だと思うと」

「全然頼りないけどね」

苦笑する田宮に西村が「いいえ」ときっぱり首を横に振る。

「頼もしいです。トミーも心強いと思う。昨日も本気で喜んでました。田宮さんが人事部長に食ってかかったって聞いて」

「……あれは……」

言い訳をしようとした田宮の言葉に被《かぶ》せ、西村が笑顔で言い切った。

「トミー、田宮さんのこと好きだから。好きな人にかばってもらえて、嬉しかったと思う」

「ええと、俺らは別に、そういう関係じゃない……よ？」

社内で噂《うわさ》になってはいるが、富岡と親しい彼女なら、実情はわかっているだろう。そう思いながらも訂正を試みた田宮に西村が、

「わかってますよ」

と苦笑する。

「トミーの片想いってことでしょう?」

「あいつもふざけているだけだと思うよ」

西村の表情があまりに寂しげだったこともあり、田宮は事実ではないとわかっていながらそう言い、頷いてみせた。

「そんなこと言ったらトミーが可哀想《かわいそう》」

だが逆効果だったようで、西村は田宮を睨《にら》み、口を尖《とが》らせた。

「…………」

リアクションの取りようがなく黙り込んだ田宮に、西村がさすが社内一、といわれる美貌《びぼう》を活《い》かした華やかな笑みを浮かべてみせる。

「冗談です。よかった。安心しました」

ごちそうさまです、とコーヒーを掲げてみせながら、西村が立ち上がった。田宮もつられて立ち上がる。

「警察を信じて待ちます。トミーにも言っておきますよ。家で大人しくＤＶＤでも観てろっ

て」

それじゃあ、と会釈《えしゃく》し、西村が歩き出す。そのあとについてエレベーターホールへと向かいながら田宮は、自分が少しは彼女の不安を取り除く手助けができたのだろうか、と一人首を傾《かし》げた。

人事部は高層階にあるので、田宮とは乗るエレベーターが違った。

「それじゃあね」

「ありがとうございました」

深く頭を下げ西村がエレベーターに乗り込んでいく。

「………」

少なくとも彼女は富岡の味方だ。西村にはああ言ったが、果たして部内の人間がどれほど富岡を案じているのか、田宮には実は判断がついていなかった。

謹慎を言い渡されたことで富岡を疑う空気が部内に流れることを田宮は案じていた。だがそうなりそうな場合は、自分が皆に働きかければいいのだ、と自分に言い聞かせると、フロアに戻るべくエレベーターに乗り込んだのだった。

高梨らは大阪の事件の容疑者、山田を脅迫していた相手の特定に寝る間も惜しみ尽力していた。

大阪は大阪で被害者、南原縁《ゆかり》の身辺を洗っていた。結果、一見平凡なサラリーマンではあるが、実のところ殺されても仕方がないと思われるような事実が次々と発覚した。

南原の勤務先の本社は東京にあり、彼は先月から大阪に異動となったのだが、異動になった原因が社内でのセクハラが発覚したことだった。

アシスタントの事務職に対し、セクハラ行為を繰り返していたため、その女性が人事部に訴えたのだが、南原は逆に『合意の上だった』と開き直り、二人がベッドインしている写真を上司や人事に見せた。

その写真がなぜだかインターネット上に流出し、いたたまれなくなった女性は退職、社内を騒がせたという理由で南原も大阪に異動となったが、写真を流出させたのは南原本人であるというもっぱらの噂だった。

セクハラ行為は確実にあり、ベッドイン写真も強姦《ごうかん》同然に抱いた際に脅迫の材料として撮影されたものだという事実はわかっていたものの、南原の父親が取引先の役員だったため、会社は異動でお茶を濁したらしい。

女性はその後、自殺を企てたが幸い未遂に終わり、傷心のまま福岡の実家に帰ったという。

その女性以外にも、問題になる前に相手が退職したという他のセクハラ行為があったり、ストーカーめいた行為をされたキャバクラ嬢がいたりで、南原を恨んでいるという人間は複数上がった。

大阪にきてまだ一ヶ月ではあるが、新地のクラブのホステスには酔った上で暴行を加えようとし、未遂に終わっていた。

『ほんま、人間のクズですわ』

捜査状況を伝える電話をしてきた小池は吐き捨てるようにそう言ったあと、

『とはいえ、殺してもええ、いうわけではないですが』

と、憮然《ぶぜん》とした口調で言葉を続けた。

「彼に恨みを持つ人間は、大阪より東京にいそうですな」

『そうなんです。申し訳ないんですが……』

加害者になり得る人間のピックアップをお願いできないか、と小池が電話越しに頭を下げる。

『ほんまやったらコッチから何名か行かななならんのですが、いかんせん、今、どえらい大きな事件《ヤマ》を抱えとりまして……』

「任せてください。幸いこっちはそこまで忙しくないよって」

あえて軽い口調でそう告げた高梨に、小池が感じ入った声を出す。

『ほんま、すんません。コッチの事件やのに……』

「なんの、困ったときはお互いさまやないですか」

気にせんといてください、と高梨は尚《なお》も詫《わ》びる小池に対し、笑って電話を切った。

すぐさま捜査に当たっていた部下たちに、被害者に対し遺恨がありそうな人物の特定と、アリバイ捜査を命じる。

「僕は竹中と一緒に、例の自殺未遂の女性について調べるわ」

「福岡出張ですか?」

浮き立った竹中を「アホ」と軽くどつき、

「会社や」

と先に立って歩き始める。

「心の傷も癒えてへんところに聞き込みに行くんは気の毒や。必要なら行かなならんけど、ほんまにその必要があるか、周囲を聞き込んで捜査せな」

「そうですね。すみません」

竹中が反省したのがありありとわかる様子で頭を下げ、高梨に続く。

「退職し福岡に帰ったのは三宅雅江《みやけまさえ》さんという二十七歳の女性でした。美人で社内でも人気があったのですが、誰にもなびかなかったという話でした」

「付き合っとった人はおらんのかな」

「同じ部の同僚に聞いたかぎりでは、そういった話は出ませんでした」

竹中の答えに高梨は頷いたものの、もう一度、仲がよかった社内の女性たちに話を聞いてみたいと思い、竹中がピックアップした何人かを一緒に社外へと呼び出した。

「雅江を疑ってるんですか？　かわいそうですよ」

開口一番、井上《いのうえ》という名の気の強そうな女性が竹中に食ってかかるのを、高梨が笑顔で間に割って入った。

「ちゃいますちゃいます。我々は別に三宅さんを疑《うたご》うとるわけやないんです」

「関西弁！　大阪の刑事さん？」

やはり大阪で起こった南原殺害事件の捜査ではないか、とますます厳しい目になった彼女に、高梨は慌てて首を横に振った。

「ちゃいます。僕は警視庁勤務ですよって。とはいえ今日お伺いしたのはその件ではあるのですが」

「だから……っ」

やはりそうなんじゃないか、と声を荒立てようとする井上に高梨は、

「違うんです」

と説明を始めた。

「三宅さんが今、福岡にいらっしゃることは我々も承知しています。彼女がどれだけ心に傷を負ったかも、理解しているつもりです。それだけに捜査員を彼女のもとに送らならんよ

うになる前に、犯人を逮捕せねばと、それで今日、お伺いしたんです」

真摯《しんし》に訴えかける高梨の前で井上を始めとする女性たち——それぞれ、時田《ときた》、葉山《はやま》、佐伯《さえき》といった——は互いに顔を見合わせていたが、やがて、彼女たちの中ではリーダー格らしい井上が、

「何をお聞きになりたいんですか？」

と表情は硬いままだったものの、高梨に問い返してくれた。

「おおきに」

にこ、と高梨が微笑《ほほえ》み、頭を下げる。その顔を見た彼女たちが一斉に息を呑《の》み、すぐに頬《ほお》を赤らめるのを前に、竹中は、さすがだ、と感心しつつ、美丈夫の上司を見やった。

「三宅さんは本当に気の毒やった思うんですが、あなたたち以外で社内外に味方はおらへんかったんやろか」

ここで高梨が口調をやや砕けたものにしたのは、彼女たちが話しやすいようにという意図によるものだったのだが、狙いどおり、井上ばかりでなく、時田や葉山、それに佐伯もぽつぽつと話し始めた。

「私たちも完全に味方というわけではなかったかもしれません……会社が南原側についたことがわかったあとは特に」

「距離、置いちゃったよね。可哀想だった」

「送別会もやらなかったしね……」

申し訳なさそうに項垂れる彼女たちに高梨が慰めの言葉を口にする。

「サラリーマンやもんな。気持ちはわかります。南原さんの報復も怖かったんやろうし」

「……それでも……」

尚も項垂れる彼女たちに高梨は、話題を変えよう、と話を振った。

「三宅さんには当時、付き合ってた人はいませんでしたか？」

「…………」

「…………」

ここで皆、顔を見合わせ、何かを言いよどむ。

「おったんですね？」

話を聞き出そうとし、高梨が確認を取る。

「……多分。本人、隠していましたけど」

井上がようやく重い口を開く。と、横から佐伯が、逡巡《しゅんじゅん》しつつも、自分の目撃談を話し始めた。

「私も……それに彼女も目撃したことあります。この子とは別々のときだったんですが、雅江が同年代の痩《や》せてる男の人と一緒に歩いているところ。なんで付き合っていることを皆に隠すのかと不思議だったんですが、多分、南原課長に感づかれたくなかったんだと思います。

前にセクハラされてた女の子、南原から彼氏にあることないこと吹き込まれて結局別れてしまったから。同じことされないように隠していたんだと思います」

「なので私たちも気づかないふりをしていました。社内でも殆《ほとん》ど話題になったことはなかったはずです」

時田が佐伯の話を受け継ぐ。

「本人にも確かめなかったんですね」

ここで竹中が問いを挟むと、女性たちは皆一様に首を横に振った。

「どないな人でした？　若い、瘦せているという以外に」

高梨が一人一人を見つめながら問いかける。

「背は高かった」

「気が弱そうだった……かな」

「あ、うん。眼鏡かけてたよね」

『見た』という二人がそれぞれ印象を口にする。二人の間で齟齬《そご》が見られないことからおそらく、同じ人物を見たのだろうと高梨が判断を下したそのとき、

「自信ないんですが……」

と、佐伯が眉《まゆ》を顰《ひそ》めつつ、こんなことを言いだした。

「雅江の彼氏らしい人、見かけたような気がするんです。駅で」

どこのと問いかける際、高梨の食いつきがよすぎたからか、途端に彼女は怯《ひる》んでしまった。

「駅ですか?」

「確信はないんです。似てるなと思っただけで」

「ああ、わかってます。そやし、どの駅で見かけたか教えてもらえますか?」

高梨が笑顔を作り問いかける。リラックスさせようとした笑みは、いつものとおり効力を発揮した。

「西新宿五丁目です。でも本当に……」

自信がない、と繰り返そうとする佐伯にわかってます、と頷き問いを重ねる。

「西新宿五丁目の駅で見かけられたとのことですが、そこから電車に乗ったんですか? 何線の、どちらの方向に?」

「あ、違うんです。乗客じゃなくて駅員さんに似てる人がいたなと思って」

「駅員さんですか」

そういうことか、と目を見開いた高梨の前で、井上が、

「西新宿五丁目?」

と驚いた声を出した。

「そう」

「私、前に西新宿五丁目で雅江を見かけたことあったんだ。家の方向全然違うし、何か用で

もあるのかなと思ったんだけど、彼氏に会いに行ってたのかもね」

そういうことか、と納得する彼女を前に、幾許《いくばく》かの確信を得てきたらしい佐伯が、やっぱ、そうなのかな、と呟《つぶや》いたあと、

「うん、似てました。確かに」

と頷いてみせた。

「西新宿五丁目、ですか」

西新宿五丁目——昨日行ったばかりだ、と心の中で呟いていた高梨の前で、佐伯が考え込む素振りをする。

「西新宿五丁目駅の駅員さん……名前は確か……」

「うそ、名前、覚えてるの？」

井上が驚いた声を上げ、皆も佐伯に注目する。

「偶然よ、偶然。姉の旦那《だんな》と同じ名字だったんだもん」

「なんという名字ですか？」

高梨もまた、思わず身を乗り出し尋ねていた。

「『谷中《やなか》』さん……でした。バレーの谷に真ん中の中で……」

「バレーじゃなくて野球でしょ」

「英語だよ、英語」

「あ、谷《バレー》ね……てかなんでいきなり英語よ」

「野球って……もしかして谷《たに》選手？　そこいく？」

本人たちは本気で言っているのだが、まるでコントのような展開になっていたことに、思わず噴き出したのは竹中だけだった。

「警視？」

呆然《ぼうぜん》と立ち尽くす高梨を訝《いぶか》り、竹中が問いかける。高梨はすぐに我に返った顔になると、

「なんでもあらへん」

と微笑み、二人の様子に注意を向けつつあった女性たちに向かい、

「ほんま、ありがとうございました」

と見惚《みと》れるような笑顔を向けた。

「あの……本当に雅江のところには行かないと、約束してもらえますか？」

井上が思い詰めた顔をし、高梨に訴えかけてくる。

「約束します。決して行かせはしません」

任せてください、と真摯な顔で頷く高梨の前で、女性たちはようやく、ほっとした表情になると、皆して、

「よろしくお願いします」

と深く頭を下げて寄越したのだった。

「警視、どうしたんです。さっき幽霊でも見たような顔、してましたよ」

会社を出ると竹中がすぐに高梨の顔を覗き込んできた。

「幽霊……言い得て妙やな」

高梨が、ふふ、と笑い頷いてみせる。

「え？　まさか谷中って駅員、死んでるんですか？　そんな事件、ありましたっけ？」

慌てた様子となった竹中に高梨は、

「ちゃうよ」

と笑うとひとこと、

「死体に——殺人事件に縁がある、思うてな」

そう告げ、一人頷いた。

「え？」

どういうことだ、と竹中が目を見開く。

「話は道々するわ」

高梨はそんな彼の背に腕を回すと、行くで、と彼を促し覆面パトカーへと急いだのだった。

6

翌朝、出社した田宮を待ち受けていたのは、文字通り頭から湯気を出す勢いで激怒しているアランの罵声だった。

「吾郎《ごろう》！　一体どういうことだっ！」

「アランお前、いつ戻ったんだ？」

アメリカに帰国していたはずだが、と驚く田宮をアランが、

「いつでもいいだろう。それよりどういうことか、説明しろっ」

と怒鳴りつける。

「どういうって……」

聞くまでもなく、アランが富岡のことを言っているのはわかる。が、わかったところでどうしようもないのだ、と心の中で肩を竦《すく》めた田宮だったが、そんな田宮の腕をアランは摑《つか》むと、

「行こう」

と物凄《ものすご》い勢いで歩きだした。

「行くってどこに？」

「警察だ。新宿署だとミス・城田《しろた》から聞いた。君も既に行ったんだろう？」

田宮を引きずり、ずんずんと足を進めるアランに田宮は必死で呼びかける。

「アラン、落ち着け。捜査は警察に任せるしかないし、今、富岡は謹慎中でもう警察にはいない。行ったところでどうなるもんじゃないし、かえって印象を悪くしたら富岡のためにもならないから……っ」

「Shut up!」

黙れ——このくらいの英語は、英会話が不得手な田宮にもわかった。

「おい」

人の話を聞け、と田宮もまたむかつきながらアランを怒鳴りつけようとしたそのとき、不意にアランが足を止めたかと思うと田宮を振り返り、怒りに燃えた目のまま一言こう告げた。

「雅巳《まさみ》の無実を僕なら証明できる」

「ええっ？」

驚きの声を上げた田宮だったが、アランがすぐさま前を向き歩き始めたのに、はっと我に返った。

「証明できるって、そのときお前はアメリカに帰っていたじゃないか」

なのにどうやって、と問う田宮の声をまるで無視し、アランは彼をエレベーターに引きずり込むと、すぐさま一階のボタンを押した。

「まったく。雅巳を容疑者扱いするとは、日本の警察はなんて無能なんだ」

憤懣《ふんまん》やるかたなしといった様子で怒りまくるアランに、田宮は何度も、

「どうやって証明するんだ？」

と問いかけたが、明確な答えを与えられないまま、会社の前に停めてあったアランの、全長五メートルはありそうなリムジンに押し込まれてしまった。

「会社もふざけている。謹慎処分などあり得ない」

怒りにまかせ、吐き捨てるアランに、そこは同意見だ、と田宮も頷いたのだが、続くアランの言葉には、ぎょっとしたあまりシートの上で固まってしまった。

「すぐにも買収し、人事部長をクビにしてやる。判断をくだした担当役員も――社長もとりかえてやろうか」

「………」

本気でやりかねないところが怖すぎる。とめることができるのは富岡くらいのものだろう。早いところ富岡に連絡を入れたほうがいいか。そう思っていた田宮の心中を察したわけではないだろうが、アランがやにわにポケットからスマートフォンを取り出しどこかにかけ始める。

「雅巳、話は聞いた。君の無実を今から警察に証明しに行くから」

電話の相手は富岡らしかった。スピーカー越しに富岡の、心底嫌そうな声が微《かす》かに響いてくる。

「今、迎えの車を君のもとに回した。それに乗ってすぐ、新宿署に来てくれ」

待っている、とスマートフォンにキスし、アランは電話を切った。

「……………」

富岡の家は確か、横浜にあったはずである。横浜から新宿まで、かなり時間がかかりそうだが、まさか到着を待つつもりか、とアランを見やった田宮に、

「到着は我々のほうが遅いくらいだろう」

心を読んだかのようにアランがそう答える。

「いや、しかし……」

それはない、と言いかけた田宮は、もしや、と息を呑《の》んだ。

「そう。彼は今、西新宿五丁目の駅近辺にいるのさ」

田宮が気づいたことを察したらしいアランが、にっこりと華麗な笑みを向けてくる。

「…………あいつ…………」

家に居ろといったのに。唇を噛《か》んだ田宮だったが、ふと、なぜアランはそれを知っているのだという疑問を覚えた。

「どうしてわかった？」

聞いてから、自分の知らないうちに電話でもして知ったのだろう、という答えを見つける。

だが実際の『回答』は、田宮の予測したものではなかった。

「僕にはわかるのさ」

にっこり、とまた微笑んだアランはその場では謎を明かさなかったものの、その謎は彼が新宿署に到着したとき、田宮にも知られることになったのだった。


その頃新宿署の納《おさめ》のもとに、高梨と竹中が訪れていた。

「マジかよ」

納が愕然《がくぜん》とした顔になる。

「マジ……思うわ」

高梨もまた、どこか呆然《ぼうぜん》とした顔で頷いたそのとき、橋本《はしもと》が、

「す、すみません」

と部屋に飛び込んできた。

「どうした」

あまりの慌てぶりを訝《いぶか》り、納が問いかける。

「な、なんかよくわからない外国人が怒鳴り込んできまして……っ」

「外国人？」

マフィアかなんかか、と眉を顰めた納も、そして高梨や竹中も、続く橋本の言葉には驚きの声を上げていた。

「捜査責任者を出せって凄い剣幕なんですが、その外国人、ご、ごろちゃんを連れてきてるんです」

「……ごろちゃんを？」

「『ごろちゃん』ってお前が言うなっ」

高梨の不審げな声に、納の怒声が被さる。

「す、すみません。高梨警視の恋人にっ」

慌てて謝罪する橋本に高梨は「ええよ」と微笑むと、すぐさま立ち上がった。

「捜査責任者やないけど、話、聞きに行こう」

「そうだな」

納も、そして竹中も立ち上がり、橋本の先導で外国人と田宮を通したという会議室へと向かった。

「ここです」

橋本がドアを開くより前に、室内からは、高梨にとって聞き覚えがありすぎる田宮の声と、流暢《りゅうちょう》ではあるがどこか不自然さを感じさせる日本語を喋《しゃべ》るバリトンの罵声《ばせい》が響いてきた。

「アラン、いい加減に教えろよ。どうやって富岡の無実を証明する気だ?」

「それよりなぜ雅巳は到着していないのだ? 吾郎《ごろう》、君からもここに来るよう、彼を呼び出してくれ。悔しいが君の言うことなら雅巳も聞くだろう」

「嫌だよ。あいつは今、自宅謹慎中だ」

「自宅にはいないよ」

「どうしてわかるんだよ」

声高《こわだか》に争っていた二人だが、ドアが開いたと当時に橋本が、

「あのー」

と声をかけると、二人して彼に注目し——次の瞬間、

「良平《りょうへい》!」

と田宮が、橋本の後ろから、「や」と手を上げた高梨の名を叫んでいた。

「『良平』?」

アランが眉を顰める中、高梨は大股《おおまた》で二人に近づいていくと、

「どないしたん」

とまず田宮に問いかける。

「……それがその……彼が……アランが、富岡の無実を証明できると言うんだ」

「吾郎、警察の人間と知り合いなのかい？」

アランが田宮の顔を覗き込む。これが噂の『アラン』かと興味深く観察しつつ高梨はアランに向かい、

「はじめまして。警視庁捜査一課の高梨です」

と手帳を示して見せた。

「警視、ですか」

高い階級に満足したらしく、アランは笑顔で頷いたあと、一変して厳しい顔になり言葉を発した。

「僕の雅巳は無実です。彼のアリバイなら僕が証明できます」

「だからどうやって？　アランはアメリカにいただろう？」

田宮が問いかけたそのとき、ドアがノックされたと同時に開き、新人の橘《たちばな》が「あの」と声をかけてきた。

「今、取り込んでるからっ」

納が怒鳴りつける中、橘がおずおずと声を上げる。

「あの……富岡さんがいらしてるんですが」

「雅巳！　来てくれたんだねっ」

途端にアランが嬉しげな声を上げ、ドアに向かって駆け出そうとする。

「アラン、なんだよ」

橘の後ろから現れた富岡は、自分に突進してくるアランの姿を認めると、回れ右して帰ろうとした。

「雅巳！」

「富岡」

悲愴《ひそう》な声で叫ぶアランは無視し、思わず呼びかけた田宮を富岡が物凄い勢いで振り返る。

「なんだ、田宮さんじゃないですか。いるならいると言ってくださいよ」

アラン同様、物凄い勢いで室内に入ってきた富岡は、高梨に気づき、いつもの宣戦布告をして寄越した。

「なんだ良平もいたんだ」

「お前が良平って言うなよな」

いい加減、怒る、と田宮が富岡を睨む。

「冗談です。てか田宮さん、なんでここに？」

問いかけた富岡に田宮は「わからない」と答えかけたのだが、それより早くアランが口を開いていた。

「僕が呼んだのさ。雅巳。君の無実を僕が証明するのを見せつけるために」

「いや、見なくていいし」

「証明も何も、僕はもともと無実だから」

ぼそりと呟いた田宮に続き、富岡も、アランに証明してもらうまでもない、と言い切った。

そんな富岡の前でアランは、チッチッと立てた人差し指を振った。

「君は何もわかっていない。雅巳。いくら無実であろうと証明は必要だよ」

「わかってる。ただお前は関係ないだろうってだけの話で」

なんにでも頭を突っ込んでくるな、と声を荒らげた富岡に対し、アランは再び、チッチッと人差し指を振ってみせた。

「関係はある。僕は当日の君のアリバイを証明できると、言っているだろう?」

「馬鹿な。日本にいなかったお前に何ができる」

売り言葉に買い言葉的な流れで、富岡がアランに吐き捨てる。途端にアランはにっこりと、それは嬉しげな顔になりつつ、ポケットからスマートフォンを取り出した。

「この中に雅巳のアリバイを証明するデータが入っている」

「アラン、能書きはいいから、証明できるっていうならしてみせろよ」

できるものならやってみろ。富岡の気持ちとしてはそうなのだろうということは、彼が実際説明せずとも彼の表情から、口調から、その場にいた皆には伝わっていた。

唯一、伝わっていないらしいアランが、またもにっこりと微笑み、スマートフォンを操作し始める。

「ほら、これだ」

アランが得意げに画面を皆に向けてくる。

「……これは？」

四インチの画面の中、何か映像が動いている。どうやら繁華街の映像らしいが、と田宮は画面に注目し――。

「あれ？」

あることに気づいて小さく声を上げた。

「どうしたんです、田宮さん」

富岡もまた、訝しげに画面を覗き込んでいたが、やがて田宮が気づいたことに彼も気づいたらしく、

「ええっ」

仰天した声を上げ、アランの手からスマートフォンをひったくる。

「富岡君？」

高梨が、そして納が不審がるその前で、富岡の絶叫が響き渡った。

「これ、僕じゃないかっ！」

「なんやて？」

驚いた声を上げた高梨が、富岡の手の中の画面を覗き込む。富岡はスマートフォンを高梨

に渡すと、物凄い勢いでアランに向かっていき、胸倉を摑んだ。

「おい、あれはなんだ？　盗撮だ。盗撮だろ？」

「人聞きの悪いことを言わないでほしいな。君の無実の証《あかし》じゃないか」

涼しい顔で答え、逆に富岡の手を握り返す。

「ふざけるなっ」

怒鳴りつけた富岡の声に被せ、高梨の「ほんまや」という感心した声が室内に響いた。

「え？」

何が何やらわからない。呆然としていた田宮の注意が高梨へと逸《そ》れる。

「日付と時刻が横に出とるけど、富岡君は事件発生時、現場である駅からはかなり離れた場所で寝とるようやな」

「寝てる？」

田宮が高梨に駆け寄り、画面を覗く。

「あ、ほんとだ」

そこにはガードレールにもたれかかり眠っている富岡の姿が映っていた。

「……でもこれ、どうやって撮ったんだ？」

田宮もまた眉を顰め、アランに問いかける。

「宇宙衛星から撮ったのさ」

「え、衛星？」

予想も付かない答えに、田宮が仰天した声を上げる。

「雅巳の動向を見守るために衛星を打ち上げた。盗撮などせずとも、高性能カメラで常に彼の動向を知らせてくれる。実に頼もしいツールだ」

にこやかに告げるアランに、思わず突っ込んだ田宮の声と富岡の声が重なって響いた。

「それを盗撮っていうんだよっ」

「まさに盗撮だろっ」

叫んでから富岡が田宮に、「気が合いますね」と笑いかける。

「それどころじゃないだろ」

何を言っている、と田宮が呆れた声を上げたその横から、高梨がアランに話しかけた。

「申し訳ないですが、これを『証拠』とするには少々無理がありますね」

「なぜです？　れっきとしたアリバイとなるじゃないですか」

アランが憮然とした顔で高梨に食ってかかった。

「しかし日付や時刻を修正した可能性は捨てきれませんから」

答えた高梨は、

「勿論、我々も富岡君を犯人と思っているわけではありませんが」

と言葉を続ける。

「わかった」

アランがここで潔く頷く。諦《あきら》めたのか、と田宮は思ったのだが、次に彼は思いもかけない行動に出て、その場にいた皆を仰天させた。

「証明してやろう。これが細工などしていないものだと」

そう言ったかと思うとアランは高梨の手からスマートフォンを取り上げ、手早く操作し始めた。

「今現在、君たち警察が張り付いている男の動向をここに映そう。電話で部下に聞くといい。彼がどこにいるかを」

「……アランさん、あなたは何を……」

高梨がらしくなく動揺した様子でアランに話しかける。

「………」

どうしたのだと、田宮まで動揺してしまったのだが、アランは二人の動揺になどかまわず、淡々と言葉を続けた。

「昨夜の捜査会議で決定された事項だ。今、警察は西新宿五丁目の駅員、谷中徹《とおる》に注目しているんだろう？」

「な、なぜそれをっ」

ここで橘が驚きの声を発し、そんな彼を納が、

「阿呆《あほう》!」

と怒鳴りつけた。認めているのと同じだという注意だとわかったのか橘が、

「す、すみません」

と謝罪し、しゅんとなる。

「捜査会議の内容まで、盗聴されとるんですか」

高梨が呆れつつ問いかけたのに、アランが肩を竦めてみせた。

「盗聴などせずとも、そのくらいの情報は得られますよ」

そうして彼は画面を操作し、高梨に提示してみせる。

「ほら、彼です。今日は非番で今、大井競馬場にいますね」

「………」

高梨は無言で画面を見つめたが、やがて携帯を取り出しかけ始めた。

「僕や。今、どこだ?」

どうやら部下にかけているらしいと察した田宮の前で、高梨が、

「そうか」

と気落ちした様子の声を出す。

「ど、どうした?」

捜査に口は出すまい。常にそれを心がけている田宮だが、高梨の様子のおかしさに、何か

あったのかと心配になり、ついそう問いかけてしまった。

「あ、ごめん」

すぐに我に返り、謝罪した田宮に高梨は「ええよ」と笑うと、改めてアランに向き直った。

「大井競馬場内で姿を見失ったということでした」

「となれば今、谷中が大井競馬場にいるというこの画像は、信憑性《しんぴょうせい》があると判断していただけるということですよね」

硬い表情のまま告げた高梨に、アランが優雅に微笑み画面を示してみせる。

「はい……あっ」

頷いた高梨が、ここで驚きの声を上げた。

「どうした、高梨」

納が問いかける中、高梨がアランの手の中にあるスマートフォンを指さしながら声を張り上げる。

「山田や。今、谷中は山田と会っとるんや！」

「なんだと？」

納の顔色が変わり、彼もまたスマートフォンにかじりつく。

「なんだ、どうやら捜査に進展があったようだね」

協力できて嬉しいよ、とアランはスマートフォンをぽんと高梨に放って寄越した。

「あげよう。雅巳に警察の目を向けさせた憎い男だ。逮捕されるのならされればいい」

そうして、行こう、とアランが富岡に手を差し伸べる。

「行くってどこに」

「会社だ。なに、社長に直談判《じか》し、君の謹慎処分を取り下げてもらうのさ」

「社長っ？　やめてくれっ」

騒ぎを大きくするな、と抗議の声を上げ、富岡はアランの手を払いのけると田宮に駆け寄ってきた。

「田宮さん、わけわかりません。行きましょう」

「あ、うん……」

頷いたものの田宮は、自分を恐ろしい目で睨んでいるアランを見やり首を横に振った。

「俺はお前に、何もしてやれないから」

「田宮さん？」

項垂れる田宮の顔を、富岡が覗き込もうとする。

「アランならお前の謹慎処分を撤回することができる」

「吾郎、ようやくわかってくれたんだね」

呟くようにして告げた田宮の言葉を聞きつけ、アランが喜色満面な顔となると、強引に富岡の腕を取った。

「吾郎の許可も得られたことだし、行こうじゃないか」

「別に許可なんて出してないだろうがっ」

アランに叫び返した富岡が、田宮を気遣い振り返る。

「田宮さん、どうしました」

「どうもしない。謹慎処分、早く撤回してもらえるといいな」

俯いたまま告げた田宮に、

「勿論」

と胸を張って答えたのは富岡ではなくアランだった。

「今この瞬間にも撤回してみせるよ」

言いながらアランが富岡を引きずり、部屋を出ていく。

「ごろちゃん？」

ここで高梨が田宮の名を呼び、歩み寄ろうとした。が、田宮は一瞬早く顔を上げると、

「良平、騒いでごめんな」

と頭を下げ、にこ、と微笑んでみせた。

「捜査、頑張ってな」

「……おおきに」

邪魔になるから帰る、と足早に部屋を出ていく後ろ姿を高梨は目で追っていた。が、今は

田宮の言うとおり『捜査』を頑張るときだと気持ちを切り替え、再び携帯をかけ始める。

「田中か。谷中やけど、今、競馬場内で山田と会《お》うとるわ。場所はスタンド。目印は……」

画面を見ながら部下に指示を出す高梨の脳裏にはそのとき、どこか思い詰めた表情のまま部屋を出ていった田宮の顔が浮かんでいた。

とぼとぼと一人新宿署の廊下を歩きながら田宮は、嵐のように過ぎ去った一連の出来事を思い起こしていた。

アランが宇宙衛星まで使って富岡の動向を追いかけていたというのは驚きだった。が、その衛星からの盗撮のおかげで事件になんらかの進展が見られたのは事実のようである。

これで富岡の謹慎処分も解けるだろう――安堵《あんど》すると共に田宮は、自分がなんの力にもなれなかったことに少々落ち込んでいた。

アランと自分は財力も何もかも違う。第一富岡に対する気持ちも違う。溜め息を漏らしかけた田宮の脳裏に、いつもべたべたと、それこそうるさいくらいにつきまとってくる富岡の楽しげな声が、笑顔が浮ぶ。

断っても断っても『好きだ』と主張し続ける彼の気持ちを持て余していたのは事実だった。

どれほど好きになられても、高梨がいるかぎり彼の気持ちを受け入れることなどできない。田宮も富岡を嫌いではなかった。いい奴だと思っている。何度も助けてもらったが、恩に着せない男らしさも好ましいと思っていたし、仕事ぶりに年下ながら尊敬の念を抱《いだ》いてもいた。

でも、違うのだ――恋愛感情は持てないのだ、と溜め息を漏らす田宮の耳に、なぜだか彼に告げてしまった自分の言葉が蘇《よみがえ》る。

『……友達じゃ……駄目なのか？』

あんなことを言うつもりはなかった。富岡はそもそも『友達』ではない。酷《ひど》い逃げだ。彼を傷つけたかもしれない。今更の後悔が田宮の胸に押し寄せていた。

友達――親友でいた男の顔が、頭に浮かんでは消えていく。

『一緒に頑張ろうな』

『俺がついているから』

四面楚歌の中、彼の言葉がどれほど力強く胸に響いたか。自然と胸のあたりで拳《こぶし》を握り締めていた田宮の横を、確か橘という名の新人の刑事がすり抜けていった。

「あ、先日は申し訳ありませんでした」

田宮に気づいたらしく、慌てた様子で詫びてくる。

「あ、いいえ」

頭を下げ返すと橘は田宮に、

「いやあ、あのアランさん……でしたっけ？　のおかげで事件解決しそうです。本当にありがとうございました」

と笑顔で告げ、慌ただしく駆け出していった。

「いえ……」

すべてアランのしたことで、自分が礼を言われるまでもない。俯《うつむ》き、溜め息を漏らす田宮は、自身の胸がどうしてこうももやもやとしているのか、自分で自分を持て余していた。

富岡の無実は確信していたが、会社の謹慎処分を撤回させることに関して、自分が少しの力にもなれなかったのがもどかしいのだろうか。

処分を撤回させるのがアランであることに抵抗が？　それは、あまりない。

ただ——この手で、救いたかったのかもしれない。

己の手を見つめる田宮の頭に、もう一人の自分の声が響く。

『誰を？』

富岡だよ、と呟きながらも、今、田宮が思い描いているのはかつての友の姿だった。

本当に、どうかしている。

はあ、と大きく息を吐き出し、田宮は頭を激しく振ると、両手で頬を叩いて気持ちを建て直そうと試みたものの、あまり上手《うま》くはいかなかった。

ともかく、会社に戻ろう。いつしかとまってしまっていた足を再び前に出し、早足で歩き始める。

気持ちを切り替えたはずなのに田宮の頭の中には、幻の友の笑顔や、富岡の安堵した顔や、アランの得意げな顔、そして高梨の捜査にあたる真摯な表情が浮かんでは消え、消えては浮かんで彼を落ち着かない気持ちに留《とど》まらせていた。


「会社に戻るのなら、田宮さんも乗せてやってくれ」

リムジンに押し込まれそうになった際、富岡はそう主張し、田宮が出てくるのをアランと共に車の外で待っていた。

「吾郎は君を僕に託したんだ。別に待つ必要はないと思うが」

憮然としてアランが告げるのを無視し、待つこと三分。ようやく姿を現した田宮に富岡が駆け寄っていった。

「田宮さん、会社に帰りましょう」

「あ……うん」

心ここにあらずといった様子の田宮は、富岡の誘いをいつもであれば断るだろうに、今日は大人しくリムジンに乗り込もうとする。

「気が利《き》かないね」

だが、アランが、やれやれ、というように溜め息をつくと、はっと我に返った顔になり、

「ああ、ごめん」

と車を降りた。

「田宮さん？」

「よかったな、富岡。謹慎処分が解けそうで」

「田宮さん、何言ってるんです」

富岡もまた車を降りようとしたが、アランに引きずり込まれてしまった。

「またあとで」

アランが田宮に対しにっこり笑う。田宮は愛相笑いのような笑みを返すと、そのまま踵《きびす》を返し歩き始めた。

「田宮さん！」

富岡がアランの腕を払い退け、窓を開いて呼びかけたときにはリムジンはもう発車しており、田宮の背はあっという間に遠ざかっていった。

「降ろせよ」

信じられない、と富岡が凶悪な顔でアランを睨む。

「降ろしてもいいが、吾郎は今、一人になりたいのだと思うよ」

だが肩を竦めたアランにそう言われると、う、と言葉に詰まり、そのままシートに深く身体を埋《うず》めた。

「雅巳、君が気づかないわけがないよね。吾郎の様子がおかしいことに」

僕が気づくのだから、とアランが苦笑し、富岡の顔を覗き込む。

「何かあったのかい？」

「………………別に」

ぼそりと答えた富岡は、続くアランの問いについ、声を荒立ててしまった。

「君が押し倒した？」

「そんなこと、するわけないだろっ」

「すればいいのに」

途端に返され、激昂《げっこう》した富岡が更に怒声を上げる。

「お前なっ」

「メンタリティなんだかナショナリティなんだか。日本人は言葉に頼らなすぎだと思うね。黙して察しろなんて無理に決まっているのに」

「目は口ほどにものを言うんだよ」

言い返しはしたものの、確かにアランの言うとおりかもしれない、と富岡は溜め息を漏らした。

富岡自身は、『目は口ほどに』というタイプではなく、言葉でのアピールを得意とするタイプである。田宮も決して苦手には見えないが、それでも彼には内にこもる部分が時折見受けられた。

おそらく、彼が巻き込まれた事件が関係しているのではと推測がつくだけに、喋りたくないものを喋らせたいとまで思わない、と自分も引いてしまっていた。

だがここはもしかしたら、一歩踏み出し、尋ねるべきなのだろうか。

「雅巳？」

またも深く溜め息を漏らした富岡は、アランに名を呼ばれ、ああ、いたのか、と隣の彼を見た。

「何を気にしている？　どうせ吾郎のことだろうが」

「そのとおり」

頷いた富岡の横でアランが、やれやれ、と溜め息をつき天を仰ぐ。

「君の心は九割方、吾郎でいっぱいなんだな」

「いや、十割」

きっぱり言い切った富岡は、どうせアランはまた恨み言の一つも言ってくるのだろうと、無意識のうちにも身構えていた。

が、いつまで待ってもアランが口を開く気配はない。

「……？」

自分の心が田宮にあることなど、とうの昔にわかっているはずなのに。今更気にされても、と眉を顰めた富岡にアランが物言いたげな視線を向けてくる。

「なんだよ」

「……ねえ、雅巳」

少し思い詰めたような顔のアランに違和感を覚えつつ富岡は再び、

「なんだよ」

と問い返した。

「君は僕に手を焼いている？」

「は？」

今更何を。言い捨てそうになり、いけない、と富岡が慌てて口を閉ざしたのは、やっていたことの是非はともかく、アランが自分のアリバイを証明してくれたのを思い出したためだった。

それればかりか今度は会社に直談判に行くとまで言ってくれている。後々問題になりそうだからそれは断ろうと思っているが、自分のために尽力してくれようとしている相手に、あまり失礼なことを言うのも、と遠慮した富岡に、アランが、ずい、と身を乗り出してくる。

「近い」

「僕の思いを迷惑だと思っている?」

思わず富岡が身を退《ひ》くと、アランは更に身を乗り出し顔を覗き込んできた。

「…………」

迷惑だ。言いきるのは容易《たやす》いが、アランの気持ちを思うとそれも躊躇《ためら》う。黙り込んだ富岡の前でアランはふっと笑い、身体《からだ》を離した。

「君が『迷惑』と言わないのは、自分が吾郎に対し、同じことをしている負い目があるからだろう?」

「別にそういうわけじゃない」

負い目などではない。首を横に振った富岡の脳裏に、田宮が思い詰めた顔で告げた言葉が蘇る。

『……友達じゃ……駄目なのか?』

「…………」

あれは——なんだったのだろう。

またも一人の思考の世界に囚われそうになっていた富岡は、アランに目の前で手を振られ、はっとし彼を見やった。

「心ここにあらずだね。そんなに吾郎が気になる?」

ひらひらと振られた手を払い退け、富岡はアランに『当たり前だ』的な言葉を返そうとしたのだが、ふと、彼に聞いてみたくなりまるで違う言葉を発してみた。

「なあ、『友達じゃ駄目か?』って言われたらどう思う?」

「そりゃ駄目だ」

即答したアランだったが、すぐ、自分が富岡に言われたわけではないと察したらしく、

「それを吾郎に言われたのか?」

と確認を取ってくる。

「まあ、そうかな」

「吾郎も残酷だな」

思いもかけない反応に、富岡はアランに「どこが?」と素で驚き、尋ねていた。

「友達でいいと思えるのなら、早々に諦めている。それがわからない吾郎じゃないだろうに」

「…………だよな…………」

今まで、気持ちを受け入れることはできない、というようなことは再三言われてきた。が、『友達では駄目か』という偽善的な言葉は彼から告げられたことはなかった。

偽善。田宮にはもっとも縁遠い言葉だ。今、彼がそれを告げたことに何か意味でもあるのだろうか。

考え込む富岡に、アランが問いかけてくる。

「君はなんて答えたんだ？」

「何も」

答えられなかった、と俯く富岡に、

「そうだよね」

アランはわかっている、というように頷くと、長い腕を富岡の肩へと回してきた。

「傷ついたんだろう？」

「いや。驚いたけれど。どちらかというと田宮さんが傷ついて見えた……かな」

そう、確かに田宮は傷ついていた。何に、かはわからない。もしかしたら自分の気持ちがいよいよ負担になったのかもしれない。

だから友達——？

そういうことなんだろうか。いや、それはあり得ない気がする。

『あり得ない』というのは希望的観測じゃないのか。その思いはあれど、田宮ならどれだけ負担に思おうが、『友達』なんて逃げを打つことはあるまい。そう思えて仕方がない。

だが限界を超えていたとしたら——？　決して報われることのない思い。そんな感情を受け止めかねて苦しんでいるのだとしたら？

『友達』に逃げる彼を、果たして自分は責めることなどできるだろうか。

「……雅巳、君は優しい男だ」

アランが囁《ささや》き、頬に指先を添えてくる。そっと横を向かされたところに彼の唇が近づいてきたのに、富岡は、はっと我に返った。

「何やってんだよ」

慌ててアランの胸を押しやり、広いリムジンのシートの上でいつの間にか密着させられていた身体を離す。

「君を慰めたかっただけさ。僕の目には君のほうが傷ついているように見える」

アランは肩を竦めると、彼からも少し富岡と距離を取り、にっこり、と微笑んだ。

「さっきの質問だけど」

「……え？」

正直、何を問うたか、富岡はすっかり忘れていた。なので問い返した彼にアランが、考え考え言葉を繋ぐ。

「人によっては、友達でもいいと答えるのかもしれない。友達という大義名分があれば、ずっと傍《そば》にいられる。キスやハグより、その立場を取りたい、と思う人間が一定数いても不思議はない。僕は、その『一定数』には入らないけれど」

ここでアランが富岡に向かい、パチリとウインクしてみせた。

「君も違うだろう？」

「…………どう、だろうな」

ずっと傍にい続けることができるのなら。そしてそうすることが、愛する人の気持ち的な負担を取り除くことになるのなら。

その選択は『あり』かもしれない。いつしか口元に持っていった右手の親指の爪《つめ》を噛みながら富岡は、頭に浮かぶ幻の田宮の顔を――切なげな目をした彼の顔を思い起こしていた。

7

　アランは会社に到着すると、富岡をリムジン内に残し一人人事部へと向かった。

「君に嫌な思いはさせたくない」

　だからすべて解決するまで車の中で待っていてほしい。アランのその言葉に従うつもりもなかったが、実際、謹慎中の身ゆえ会社内に足を踏み入れることを躊躇っていた富岡は、どうするか、と車窓を見やったのだが、そこに地下鉄で帰ってきたらしい田宮の姿を認め、運転手の制止もきかず慌てて車を降りた。

「田宮さん！」

「富岡」

　声をかけた富岡を、田宮が驚いたように振り返る。

「謹慎処分、もう解けたのか？」

「いや、どうでしょう。アランが今、人事にいってますが……」

　どうなったことやら、と肩を竦めた富岡に田宮は「そうか」と頷いたものの、すぐ笑顔になると、ぽんと肩を叩いた。

「大丈夫だよ。アランのおかげで捜査も進展しそうだし。何より彼なら、会社に圧力かけてすぐにもお前の処分を取り消してくれるよ」

よかったな、と微笑む田宮の顔にはやはり違和感がある。

自分が追い詰めてしまっているのだろうか。コップの水がいっぱいになるように、我慢も限界になってしまったのだろうか。

そうも無理をさせてきた自覚はなかったのだけれど。田宮の目を見つめようとしても、微妙に視線を逸らされてしまう。

やはりそれが『答え』ということなのだろうと察した富岡は、敢えて笑顔を作り——自然に見えるよう、細心の注意を払いながら笑顔を作り、田宮に向かって口を開いた。

「田宮さん、この間の話ですけど」

「……え?」

思い当たるところがなかったようで、田宮が訝しげな声を上げ、眉を顰める。

「友達でもいいかって、あれです」

「……あ……」

富岡の説明に田宮が何かを言いかける。多分、聞きたくないような言葉だろうなと察した富岡は、田宮が口を開くより前にこう告げた。

「友達でもいいです。あなたが僕に求める姿が友達ってことなんですよね?」

「いやそれは……」

違う、と田宮が首を横に振る。

「違わない。僕の気持ちを持て余しているでしょう?」

「それはお前が……」

田宮はまた、反論しかけたが、すぐ言葉を途切れさせ俯いてしまった。

「……だから友達でいいです。友達でいるかぎり、傍にいられるというのなら、それで全然かまいません。だってあなたの傍にいたいから」

「……それは……」

違う。田宮の口が小さくそう動いたが、言葉は出なかった。

「何が違うんです?」

富岡は正直なところ、なぜ田宮がこうも動揺しているのか、まったくわかっていなかった。困らせるようなことは言っていないはずである。どちらかというと困らせたくないがゆえの発言なのに、なぜ田宮は困るのか。

友達でいたいというのは彼の希望ではないのか。まさか恋愛感情を抱いたままでいてほしいというわけではないだろう。

「田宮さん?」

黙り込んでしまった田宮の名を呼ぶ。

「……ごめん……」

何に対するものかわからない謝罪をした田宮は、そこで我に返った顔になり、

「あ、違うんだ」

と富岡にとってまたも意味のわからない言い訳をし始めた。

「何が違うんです」

「あ、いや、その……」

挙動不審にしか見えない彼の態度は、富岡が今まで見たこともないもので、一体どうしたのだとつい、手を伸ばして田宮の腕を摑み、顔を覗き込んでしまった。

「田宮さん、どうしました？」

「……っ」

びく、と身体を震わせたあとに、反射的な動作と思われるが、富岡の手を払い退ける。

「…………」

富岡が払われた手をつい見やると、田宮はまた、謝罪の言葉を口にした。

「……ごめん」

罪悪感溢《あふ》れる田宮の表情を見るにつけ、彼の心理がまったくわからない、と富岡は田宮に問いかけた。

「田宮さん、どうしたんです？」

「…………」

田宮はただ項垂れ、またも、

「ごめん」

と意味のわからない謝罪をし、俯いたまま会社の中へと駆け込んでいった。

「…………」

わけがわからない。が、田宮の様子がおかしいことはわかる。

様子がおかしいというより、何か追い詰められているような感じがする。まさか追い詰めているのは自分なのか？　思わず駆け寄り、確かめたくなる衝動を富岡は必死で押さえ込んだ。

少なくとも、今、田宮を追い詰めているのは自分の存在に違いないという確信があったためである。

しかし理由がわからない。自分も、そして田宮も、この数日でなんの変化があったわけでもない。

なのになぜ、田宮は挙動不審になったのか。知りたい。が、本人に尋ねるのは躊躇われる。

とはいえ、どうすることもできない。富岡が溜め息を漏らしたそのとき、ポケットに入れていた携帯が着信に震えた。

「もしもし？」

意外な人物からの着信に、何事だ、と応対に出る。

『ああ、富岡君、今、いいか?』

電話をかけてきたのは新宿署の刑事、納だった。

「あ、はい。大丈夫です。なんですか?」

用があるからかけてきたのだろう。わかってはいるが、心当たりはない。それで問いかけた富岡は、電話の向こうから響いてきた納の言葉に、喜びの声を上げていた。

『例の西新宿五丁目駅での殺人事件、犯人と思しき人物の身柄を確保したから。今日中には逮捕できるはずだ。マスコミに発表するタイミングで富岡君にも知らせるよ』

会社に報告するといい。そう言い、電話を切ろうとした納を富岡は思わず、

「ちょっと待ってください」

と呼び止めていた。

『え?』

「納さん、今夜、飲みません?」

『……別にいいけど……?』

訝しげな声を上げる納と夜七時に新宿で落ち合う約束を取り交わしたあと富岡は、

「じゃ、今夜」

と電話を切った。

納も警察官の端くれ――などと本人に言えば激怒するだろうが、と富岡は心の中でこっそり舌を出した――以前、田宮が巻き込まれた事件について何か情報を持っているに違いないと思ったがゆえの飲みの誘いだった。

富岡は、今回田宮の様子がどこかおかしいのは、田宮自身が容疑者とされた事件に原因だか遠因だかがあるのではと考えていた。

容疑者にされた際、田宮は会社から謹慎を言い渡されている。そのときの経験から親身になって対応してくれたのだと思ったのだが、どうもそれだけではないという考えを、富岡は捨てきれなかった。

謹慎はつらかったか、と問うたとき田宮は、つらくはなかった、と首を横に振った。

『支えてくれた人がいるから』

その答えを聞いたとき富岡は、その『支えてくれた人』をてっきり高梨だと思い、田宮にもそう告げたのだが、田宮のリアクションは微妙だった。

いろいろと考えた結果、以前、人事部で同期の西村から聞いた話を彼は思い出したのだった。

田宮は会社から好条件での退職を勧告された際、お願いだからこのまま勤めさせてほしいと上司に頭を下げたという。

彼が勤め続けたかった理由は、『約束したから』。約束相手は親友であり、かつ田宮に殺人の罪をなすりつけようとした同僚だと西村に聞いたとき、富岡はまったく意味がわからなかった。

陥れられた段階で、自分ならすぐさま友情に見切りをつける。田宮とその同僚は学生時代からの付き合いで、十年来の親友だったという話だが、いくら歳月が長かろうが、自分を裏切った時点でもはや友情を抱き続けることなど不可能である。

裏切った相手もまた、友情を感じていないから裏切ったのだろう。その『裏切り』が些細《ささい》なことであったらまだ考える余地はある。が、殺人事件の容疑者にされるというとんでもない裏切り行為をされたというのに、相手を恨んだり怒ったりするならまだしも、友情を抱き続けているということがまったく富岡には理解できなかった。

田宮自身に理由を聞こうとしたが、杉本をはじめ周囲ががっちりガードしている上に、田宮は決して事件のことを語ろうとしなかった。

話したくない理由は、想像できないこともない。誰だってつらい思い出を語りたくはないだろう。

しかしそれが理由というのとは違う気がした。ならなぜ、と考えてもわからない。

そのあたりの状況を、もしかしたら納は知っているかもしれない。

そうだ、夜までに過去の新聞記事等を検索し、事件のおさらいをしておくか。そんなことを考えていた富岡の携帯が着信に震えた。

「…………」

かけてきたのがアランとわかり、やれやれ、と溜め息をつくも、出なければ出ないでまた面倒なことになると渋々応対に出る。

「はい」

『雅巳、君の謹慎処分はたった今取り下げられた。今から迎えに行くから待っていてくれ』

「いや、迎えはいいよ。自分で行くから」

きっぱり言い切った富岡の耳に、アランの切なげな声が響く。

『わかった。それなら席で待っている』

「…………」

思いもかけずアランにしゅんとされ、富岡の胸に珍しく罪悪感が芽生えた。

アランのおかげでこうも早いタイミングで謹慎処分が解けたのだ。礼は言うべきだろう。どのような手を使ったのかを聞くのは少々怖いが。そう思いながら富岡は、

『それじゃあ』

と電話を切ろうとしたアランを呼び止めた。

「アラン」

『なんだい、雅巳』

アランが一変し、明るい声を出す。もしやさっきの元気のない声音は作戦か？　と思いは

したものの、『なんでもない』と電話を切るのもはばかられ、仕方なく富岡は当初の予定どおりアランに礼を言うことにした。

「いろいろ骨を折ってくれてありがとう」

『少しも骨など折ってない。君の幸福のためなら僕は何をするのもいとわないよ。たとえば……』

延々と愛の告白が続く電話を耳から離しながら富岡は、やはり情けをかけるべきではなかったと、自分の甘さに自己嫌悪の念を抱き、深く溜め息をついたのだった。

その頃、新宿署の取調室では、西新宿五丁目駅勤務の谷中と、大阪の殺人事件の容疑者となっている山田が別々に取り調べを受けていた。

二人が一緒にいるところを取り押さえられた時点で、山田のほうは諦めがついたらしく、おとなしく自供を始めたが、谷中は今のところ黙秘を貫いている。

谷中の取り調べには高梨があたっていた。書記として竹中が同席している。

「谷中さん、あなたと山田さんは恨みを抱いている相手を交換し、手にかけた。いわゆる『交換殺人』の計画を立て、実行しはった……そうですよね？」

何度問いかけても、谷中は青ざめた顔で俯いているのみである。

先ほど、山田の取り調べにあたっていた納から、山田がすべてを自供したという報告を受けたこともあり、高梨はそれを谷中に伝え始めた。

「山田さんのほうはもう、自供しはりましたよ。あなたが駅の階段から突き落として殺した里田さんに、さんざん弄《もてあそ》ばれた上で、ゲイであることを家族にばらすと多額の金を恐喝されていたため、闇サイトで知り合ったあなたと交換殺人の計画を立てたと。お互いにアリバイを作って恨みを抱いている相手を交換して殺す。あなたのアリバイは完璧やったけど、山田さんが南原さんを殺した容疑で逮捕されへんかったのは、南原さんとのつながりがどんだけ調べても出てきいへんかったいうだけやった。アリバイを作るのに、大阪で殺人事件に巻き込まれたいうとんでもない状況を選んだんは、大阪に行く用事なんてあらへんかったゆうこともあったけど、何より山田さんがミステリーマニアやったからいうことやったわ。まさかこないに早く、警察が交換殺人に気づくとは思うてなかった、やて。ふざけた話やね。殺人はドラマや本の中で行われたわけやない。自分で人、一人の命を奪ったいうことがわかっとるんだか……」

「…………」

ここで谷中が一瞬顔を上げ、口を開きかけた。が、すぐにまた俯くと、唇を引き結んでしまった。

谷中はこう言いたかったのではないか。察した高梨がそれを彼に告げる。

「人の命を奪うこと以外にも、人としてするべきやない行動はぎょうさんある……そう言いたいんかな?」

谷中がはっとしたように顔を上げる。やはりそう考えていたのか、と高梨は彼に向かい頷くと、言葉を続けた。

「ほんまそのとおりやと思う。あなたが山田さんに殺害を依頼した南原の行動も、決して許されるもんやなかったと僕も思います。でも、だからといって殺してええ、いうわけやない。そこは違う」

途中まで谷中は目を輝かせて聞いていたが、最後で彼は、なんだ、というようにそっぽを向き、そのまま俯いてしまった。

「あかんのです。どないな理由があろうとも、人殺しはいかんのです」

繰り返す高梨の前で項垂れていた谷中の口から、呪詛《じゅそ》めいた呟きが漏れる。

「じゃあどうすればよかったんだ? 殺す以外に恨みを晴らす方法があれば、教えてくれよ」

「こうすれば、いう具体的なことは僕には言われへん。でも……」

高梨が身を乗り出し、谷中の顔を覗き込む。

「何かはあったはずや。そもそも、三宅さんはあなたのしたことを知っとるんですか。あなたが犯罪に手を染めるようなこと、三宅さんは望んどらんかったんやないですか？」

「それは……っ」

谷中が何か言いかけ、はっとしたように口を閉ざす。

「愛する人が罪を犯すことを嬉しく思う人はそうおらんでしょう」

僕はそう思うけど、と笑顔で続けた高梨の前で、谷中が二度、三度、首を横に振り始める。

「……彼女は何も知らない……」

やがて谷中が掠《かす》れた声で、ぽつり、ぽつりと話し始めた。

「彼女とはもう、別れた……。彼女が福岡の実家に帰るのを機に。だから彼女が何を考えているのか、僕にはわからない……」

「別れた恋人の恨みを晴らした……？」

問いかけた高梨に、谷中が何か言いかけ、また項垂れる。

「なんで別れることになったんや」

復讐《ふくしゅう》するほど好きなら、と問う高梨に、谷中は、違うのだ、というようにまた、首を横に振った。

「……僕から別れを切り出したんです……上司からセクハラされて会社を辞めたということが僕の母親にわかって……交際を反対されて、それで………」

「……あんたは自分の罪悪感を払拭《ふっしょく》したかっただけやないんか」

思わず高梨の口からその言葉が漏れる。

「それは……っ」

途端に、はっとした顔になり、激しく首を横に振ったあと、谷中はがっくりと肩を落とした。

「……そう……かもしれません……母の説得を諦め、彼女と別れた自分を許せなかっただけだったのかも……」

「間違えましたな」

高梨が淡々とそう告げると、谷中は、ひとこと、

「そうですね」

と呟き、はあ、と大きく息を吐いた。

「やり直しはきいたはずです。交換殺人の計画を立てるより前に、彼女の心の傷を癒すにはどないしたらええのか、考えることはできたはずです」

「……はい……」

項垂れたまま頷いた谷中の声が震えていた。

「あなたが南原さんを殺すより、やり直そうと言ってあげたほうが三宅さんも喜んだんやないかと、僕は思いますよ」

「……そう…………ですよね…………」

谷中の声がますます震え、やがて彼の口から嗚咽《おえつ》が漏れ始める。

「交換殺人の計画を立て、実行しはりましたね？」

高梨の問いに谷中ははっきりと首を縦に振ってみせたあと、机に突っ伏し泣きじゃくり始めた。

泣くほど後悔しているのなら、なぜ、殺人に手を染めるのではなく、傷心を抱え故郷に帰った三宅のもとに向かってやらなかったのか。

今更後悔しても遅いのだ、と高梨は、自分の愚かしい行動を悔いて泣く谷中を前に本人には聞こえないよう抑えた溜め息を漏らすと、供述を得るべく彼が泣き止《や》むのを待ったのだった。


「納さん、こっちこっち」

「よ、遅れて悪かったな」

富岡と納が落ち合ったのは、以前何度か二人で訪れたことのある、小汚いが味はいいという焼き鳥屋だった。

常に周囲が喧噪《けんそう》に溢れているので、逆に込み入った話ができる。それで富岡はその店を選んだのだが、疲れ果てた納の顔を見て、休みなしで捜査に当たっていたのか、とまずは労をねぎらうことにした。

「お疲れ様です。犯人逮捕、おめでとうございます」

「今回は富岡さんも、とんだとばっちりだったよな」

ありがとよ、と笑い、注文を取りにきた店員に、生、と告げてから、納がメニューを開く。

「腹、減ってるんだ。適当に頼むぞ。いいか？」

「勿論」

ビールがくるとすぐ、納はメニューの端から端まで頼む勢いでオーダーをし、本当に空腹なんだな、と富岡を苦笑させた。

「で？　どうした？　なんか話があるんだろ？」

店員が去ったあと、乾杯、とグラスを合わせると、納が富岡に問いかける。

「まあ、飲みましょう。で、食べましょう」

自分も酒が入らないと少々話しづらい。それで富岡は納にそう言い、一皿目を持ってきた店員に日本酒を頼んだ。

納の分も猪口《ちょこ》を頼み、二人してすぐさま日本酒に移行する。

「しかし、あのアラン、だっけ？　凄いことするよなあ」

あっという間に二人して二合空けたあと、疲労からか既に酔っ払いの域に達した納が、感心したようにそう話を振ってきた。

「衛星から富岡君のこと監視するとか、ないだろ、普通」

「そもそも普通じゃないんです。あれ、逮捕できませんかね」

ストーカーの被害届けを出そうかな、と口を尖らせた富岡に納が、

「逮捕は無理だが、注意くらいはできるんじゃないか」

と親身になった意見を述べる。

彼の瞼《まぶた》がくっつきそうになっていることに気づいた富岡は、そろそろ話を切り出さねば、と、さりげなく話題を変えた。

「ところで納さんに聞きたいことがあったんですが」

「おう、なんだ?」

眠そうながらも明るく問い返してきた納は、続く富岡の言葉に、複雑な表情となり黙り込んだ。

「納さんはご存じですか? 田宮さんが容疑者になった事件のこと」

「………なんでまた、そんなこと、聞きたいんだ?」

沈黙のあと、納が眉を顰め、問い返してきたのに、富岡は、

「好奇心とかじゃないですよ」

と断り、説明を始めた。

「田宮さんの様子がおかしいんです。僕が会社から謹慎処分を受けたときから」

納がここで、う、と何か察したように声を漏らしてから黙り込む。

「どうやら、自分が謹慎処分になったときと重ねているみたいで。未《いま》だに様子がおかしいんですよ。なので、もしかしたら田宮さんが巻き込まれた事件が何か影響しているのかな、と思ったんですが」

「……………」

納は暫《しばら》く黙り込んでいた。が、やがて溜め息と共に言葉を発した。

「俺も詳しい話は知らないんだよ」

「……そうですか」

頷きながら富岡は、納が嘘《うそ》を言っていると確信していた。

彼は何かを知っている。その上で黙っている。腹芸のできない納の顔に、しっかりそう書いてある、と心の中で苦笑しつつ富岡は、自分もすべてを彼にさらけ出していなかったからな、とやはり心の中で独りごちると、言葉を続けた。

「田宮さんに言われたんです。『友達じゃ駄目か』って」

「……ごろちゃ……いや、その、田宮さんがそんなことを?」

驚いた様子で問い返してくる納に富岡は「はい」と頷くと、その続きを話し始めた。

「言われたのは事件の直後でした。で、今日、友達でもいいって答えたんです。そしたら田宮さん、ますます様子がおかしくなってしまって……。気になって仕方がないんです。友達じゃ駄目か、と聞いたのは田宮さんなのに、友達でいいですという答えにああも動揺してみせるなんて。ねえ、納さん、何か心当たり、ありませんか？　僕としては一日も早く、田宮さんに普段の自分に戻ってもらいたいんですよ」

「そうか……」

納が呟くようにそう言い、富岡から目を逸らした。

「納さん」

やはり知っているのか。富岡は身を乗り出し、納の顔を覗き込んだ。

「………俺には判断つかねえ……言うべきか。言わざるべきか」

唸《うな》る納の腕を摑むと富岡は熱く訴えかけた。

「絶対に田宮さんには悟らせません。納さん、あなたが何を言ったとしても。僕一人の胸にしまっておきます。一生涯。どんなことが起ころうとも。だからお願いです、納さん、教えてください。僕には何もできないでしょうが、僕が何かをしたことで田宮さんを苦しめている可能性があるのだとしたら、それが何かを知りたいんです。二度と同じ過《あやま》ちを犯さないためにも」

「……富岡さんは別に過ちなんぞ犯してねえよ」

納の視線がようやく富岡へと戻る。

「納さん」

富岡が真っ直《まっす》ぐに納の目を見つめると、納は暫くの逡巡《しゅんじゅん》のあと、ふう、と息を吐き出した。

「……これは直接、高梨から聞いたわけじゃないし、事件現場に俺自身、居合わせたわけじゃない。そのとき現場にいた高梨の部下から偶然聞いたんだ。彼は俺も知ってると勘違いしていたようでな」

「事件のこと……ですか?」

富岡の問いに納は頷いたが、口を開く気配はない。それなら、と自分の知っている事件の概要を富岡は語り始めた。

「田宮さんが親友だと思っていた同僚が、仕事で成功している田宮さんに嫉妬し、殺人の罪をなすりつけようとしたんですよね? で、田宮さんはその男に腹を刺されて重傷を負った。親友は自殺。それが事件の真相でしたよね?」

「…………そうだ……が、肝心なところが実は明らかにされていない」

押し殺した声で告げる納の顔を、富岡が尚も覗き込む。

「肝心なところ?」

「……動機だ」

納の声がますます低くなり、眉間《みけん》にくっきりと縦皺《たてじわ》が刻まれる。

「公表されている『動機』以外に動機があったと……？」

問いかけた富岡が、ここで、はっとした顔になった。

「まさか……まさか犯人は、田宮さんを……？」

「………」

納は何も答えない。否定しないということは肯定か、と察した富岡の口から、深い溜め息が漏れた。

「……親友だと思っていたのは田宮さんだけで、そいつは……犯人は田宮さんのことが好きだった、と？」

「隠し続けていた田宮さんへの愛情を、付き合っていた彼女に見抜かれたことが直接の殺害の動機だった。その罪を田宮さんに着せたのは、かわいさ余って憎さ百倍とでもいうのか、そんな鬱屈した彼の心理からだったんだそうだ。その男に田宮さんは相当酷い目に遭わされている。犯人に仕立て上げられただけじゃなく、他の男に犯されもしていた」

「……っ」

息を呑んだ富岡から再び目を逸らし、納がぼそりと呟く。

「その親友にも犯されている。高梨の前で」

「それは………」

悲惨すぎる事実の数々に富岡は言葉を失い、呆然としてしまっていた。

「……犯人は自分に警察の手が伸びたことを知ると、田宮さんを道連れにして死のうとしていた。結局、とどめをさすことはせずに自分だけ頸動脈《けいどうみゃく》をかっきって自害したんだが、その顚末はあの場に居合わせた刑事以外、誰も知らない。調書にも残されていない。高梨が隠蔽《いんぺい》した。田宮さんの気持ちを汲《く》んで……」

「…………そりゃそうですよね。人に知られたくない話でしょうから……」

頭が混乱してしまい、上手《うま》い相槌が出てこない。いらつきつつもそう答えた富岡は、納の、

「違うんだよ」

という言葉を訝しく思い、問い返した。

「違うって？」

「田宮さんの『気持ち』を思いやったんだ。犯人の——里見《さとみ》、という名前だったかな。彼の名誉のためと、それに、彼の家族をこれ以上悲しませたくないという、田宮さんの気持ちを」

「……ちょっと待ってください。どうしてそんな？　田宮さんはそれだけ酷い目に遭って尚、犯人を……里見を、思いやってるってことですか？」

理解できない。首を横に振る富岡に納が、

「俺もわからねえよ」

と溜め息を漏らす。

「でも田宮さんにとっては彼は、未だに『親友』ということなんだろうよ。何があろうが、

友情は消えない……そんなところなんじゃないか？」

「…………ああ…………」

不意に富岡の頭の中で、今の話と田宮が漏らした言葉が繋がった。

「富岡君？」

いきなり思い詰めた声を上げる富岡に驚き、納が彼の顔を覗き込む。

「僕は……僕はなんてことを……っ」

譫言《うわごと》のようにそう告げた富岡の身体が、ぶるぶると震え始めた。

「おい、どうした」

納に摑まれ、はっと我に返った富岡は、逆に納に縋《すが》り付き、己の頭に浮かんでくる考えを、浮かぶがままに口走ってしまっていた。

「あれは僕に対して言われた言葉じゃなかった。田宮さんの親友に……里見に言った言葉だったんだ」

「なんだ？　なんのことだ？」

感情のままに言葉を漏らす富岡の言いたいことを整理しようと、納が問いを挟む。が、富岡はその問いには答えず、酷く追い詰められた顔のまま、次々言葉を発していった。

「僕が謹慎処分になったとき、田宮さんが必死になってくれたのは自分が謹慎処分を受けたときのことを思い出したからだ。田宮さんが言っていた、社内で四面楚歌になったときに支えてくれた人というのは高梨さんのことじゃない。里見のことだ。親友の彼だけが親身になってくれた。僕の処分の際にはその里見の代わりをしてくれようとしてたんだ。きっと」

「何を言っているのか、さっぱりわからん。わかるように言ってくれよ」

さすがに苛ついてきたのか、納が少し声を荒らげる。だが富岡の耳に彼の声はまるで入っていなかった。

「田宮さんが言った『友達じゃ駄目か』は里見への言葉だったんだ。田宮さんが友達で……親友でいたかったのは僕じゃない。里見なんだ」

「おい、富岡君！」

殆ど叫ぶような声を上げていた富岡に、ざわついていた店内もしんとなり皆が注目し始めた。しっかりしろ、と、納が富岡の肩を摑んで揺さぶる。と、富岡は逆に納に縋り付き、

「どうしましょう……っ」

と叫んだかと思うと、ぼろぼろと涙を流し始め、納をぎょっとさせた。

「と、富岡君……っ？」

「僕は……僕はきっと田宮さんを傷つけてしまった……っ」

言いながら富岡が、納の胸に顔を埋《うず》める。

「傷つけた？　なんでだ？」

酔ってるんです、すみません、と周囲の目を愛想笑いで誤魔化《ごまか》したあと、納は興奮した様

子の富岡の背を叩き、彼を落ち着かせようとしながらそう問いかけた。

「……傍にいられるなら、友達でもいいと答えたんです……僕は……」

富岡の涙を堪えた声が、胸の辺《あた》りから響いてくる。

「それがなんで田宮さんを傷つけたことになるんだ？」

納がゆっくりと富岡の背をさすりながら囁くようにして問いかける。

「……田宮さんはきっと、里見のことを思い出したに違いないんだ……里見もまた、そう思って友達でい続けたんだろうと……」

「……それは富岡君の想像だろ？　田宮さんが傷ついたかどうか、本人に聞いてみなきゃ、わからないだろ？」

落ち着けよ、と尚も背を叩く納の胸で、富岡が、違う、というように首を横に振り続ける。

「傷つけるつもりはなかったのに……傷つけることだけはしたくなかったのに……僕は……」

「だからっ」

ここで納はつい声を張り上げ、またも店内の注目をさらってしまった。声の大きさに驚き、富岡も顔を上げる。

彼の頬が涙に濡《ぬ》れているのに気づいた納は、見てはいけないものを見てしまった気になり、慌てて目を逸らせた。

それで我に返ったらしく、富岡もまた慌てた様子で指先で頬を拭《ぬぐ》うと、納の胸から身体を起こし照れ笑いを浮かべてみせた。

「すみません、取り乱してしまった」

頭をかいた富岡に、納が「いや、いいんだけどよ」と目を逸らせたままぼそりと口を開く。

「……俺ら、すっかり注目の的だな」

店を変えるか、と立ち上がろうとした納に、早くも気を取り直していた富岡は、ふざけた言葉を口にした。

「痴話喧嘩《げんか》でもしてるゲイのカップルとでも思われてたりして」

「ゲ、ゲイ？」

納の顔が真っ赤になる。彼の上げた素っ頓狂な声にまたも注目が集まったのに、富岡は思わず噴き出した。

「ますます疑われますよ」

「富岡君、君なあ」

今まで泣いていたくせに、と言いかけ、さすがに気の毒か、と口を閉ざす。

「……本当に納さん、いい人ですねえ」

気づいたらしい富岡は苦笑してみせたあと、ふと、悪戯《いたずら》っぽく笑い納を上目遣いに見やった。

「なんだよ」

「納さん、モテるでしょう。今、付き合ってる人、いるんですか?」

「ば……っ……お前、何……っ」

「ああ、違うか。納さんも田宮さんにぞっこんラブなんでしたっけ」

「そ、そりゃなんてシブがき……っ」

「動揺しすぎでしょう」

あはは、と富岡が笑い、納の肩を叩く。

「惚《ほ》れちゃいますよ。田宮さんがいなかったら」

「からかうなっ」

立ち直りが早すぎるだろう、と納が怒鳴ったそのとき、店のドアが開く音がし、凛《りん》とした大声が店内に響き渡った。

「ちょっと待ったーっ」

「……え?」

その声は、と振り返った富岡は、目に飛び込んできた男の姿に、仰天した声を上げた。

「アラン?」

「雅巳、君はそんな男の胸で涙を流すのかっ」

思い詰めた顔で言い寄ってきたのは誰あろう、アランだった。

「……衛星使ってのストーカーとかあり得ないから」

富岡が冷たく言い捨て、納に、

「行きましょう」

と声をかける。

「え？　ええ？」

戸惑う納を促し、富岡が店を出ようとする。

「待ってくれ、雅巳」

追い縋るアランを富岡は、

「待てない」

と実にすげなく切り捨てると、店主に向かい「お勘定を」と伝票を掲げてみせた。

「雅巳、僕の胸は君のために二十四時間、空いているんだよ」

言い縋るアランに富岡が「興味ない」と言い捨てる。

「納さんの胸だって空いてるし」

「お、俺⁇」

戸惑いの声を上げる納の肩を抱き、富岡がレジへと向かっていく。金額を示され、財布から一万円を出して支払うと富岡は、

「じゃあ帰りましょう」

と納に微笑み、店を出ようとした。

「待て。なぜ雅巳は僕よりその男を好ましく思うんだ?」

アランが気色《けしき》ばみ、声をかけてきたが、富岡は無視を貫き、店を出ようとした。

「説明してくれ、雅巳。僕のどこがその男に劣るというんだっ」

「頼むから俺を巻き込むなっ」

いたたまれなさから叫んだ納の声が店内に響き渡る。

「比較するまでもない」

言い捨て、納の背に腕を回し、富岡が店を出ていく。

なんだかとんでもないことに巻き込まれている予感がする。内心溜め息を漏らした納の心などまるで通じていない様子の富岡は、

「本当に勘弁してほしいですよね」

と憤った声を上げ、勘弁してほしいのはコッチだ、という納の言葉を封じたのだった。

8

大阪と新宿で起こった二つの殺人事件が無事解決したその夜、捜査本部での簡単な打ち上げを納と共に「お疲れ」と抜け出した高梨は真っ直ぐに自宅へと戻った。

「おかえり」

既に帰宅していた田宮が、笑顔で高梨を迎える。

「ただいま」

恒例の『ただいま』『おかえり』のチュウを玄関先で交わした高梨は、田宮が未だに何かを引きずっている気配を感じ、じっと顔を見下ろした。

「なに?」

田宮が大きな目を見開き、尋ねてくる。

「いや、なんでも」

田宮が自ら語りたいと思うその日まで、聞き出そうとするのはやめよう。高梨はそう気持ちを固めていた。

悩みを明かすことで、田宮の心が軽くなるのなら明かしてほしいと思う。が、明かすことが田宮にとって苦しみになるのであれば、強要したくないと、高梨はそう考えたのだった。

「良平……」

田宮には気づかせまいと思っていたというのに、敏感な彼はすぐ、高梨の心を読んだようで、申し訳なさそうな表情となり何かを言いかける。

「もしかしてごろちゃん、ご飯、作ってくれはったん？」

高梨はさりげなく話題を変え、田宮の身体越しにキッチンのある奥へと視線を向けた。

「あ、うん。今日はそんなに遅くならないいんじゃないかなと思って」

田宮が話に乗り、準備はできているから、とダイニングへと誘う。

「大丈夫なん？　会社、忙しいんやろ？」

「大丈夫。今日はちょっと早く帰れたんだ」

田宮の口調も態度も、普段の彼のものとほぼ変わりはなかった。が、やはり少し無理はしているなと察しつつも、高梨は気が付かないふりを貫いた。

「会社、いうたら富岡君の謹慎処分は無事、撤回されたんかな」

「されたよ。アランがすぐさま撤回させた。もう普通に働いているよ」

「さすがやね。いろいろ問題はあるにせよ」

高梨が感心した声を上げたあたりで二人はダイニングに到着した。

「わ、ハンバーグや」

キッチンを見やった高梨が嬉しそうな声を上げる。

「この間、肉汁がジュワーッとなる美味《おい》しい焼き方、テレビでやってたから、試してみようかと思って」

良平、肉、好きだろ？　と田宮が微笑み、キッチンへと向かう。

「手伝うわ」

あとに続こうとする高梨を田宮は、

「いいから着替えてきなよ」

と笑顔で断ると、一人調理を再開し始めた。

お言葉に甘えて、と高梨がスーツを脱ぎ、留守電を聞くなどしてからスウェットに着替えてダイニングに戻ると、既にハンバーグは皿に盛られ美味しそうな湯気を立てていた。

「食べよう。あ、ビール、飲むか？」

「飲む飲む。でも何よりまず『肉汁ジュワーッ』を体験せな」

うきうきしながら高梨はハンバーグにナイフを入れ、次の瞬間、

「ワオ！」

外国人のような感嘆詞を叫び、すぐ輝いた目を田宮に向けてきた。

「ほんま、すごい肉汁や！　ごろちゃん、これ、どないしたん？」

「内緒」

「教えてぇな」

「いいから食べろよ。冷めちゃうよ」

「せやな」

田宮に言われて、一口食べた高梨の顔が、ほわあ、と実に柔らかな表情となる。

「美味しいわー」

「よかった。成功だ」

ふふ、と田宮が笑い、自分のハンバーグにもナイフを入れる。

「お店のより美味しいわ」

ばくばくと物凄いスピードで平らげながら高梨が田宮に、賞賛の言葉を口にする。

「そこまでじゃないよ」

「いや、美味しい。なあ、どないして作ったん？」

「だから内緒だってば」

楽しい雰囲気の食卓に、事件の話題が上ることはなかった。

田宮がテレビで観たというレシピの話から、高梨が本で読んだ調理のコツの話となり、やがてハンバーグから卵焼きの焼き方へと話題が変わっていく。

とりとめのない料理の話を続けるうちに二人の皿は空になった。

「後片付けは僕がやるよ」

そう言い、立ち上がった高梨に田宮が、

「いいよ」

と気を遣って断り、

「風呂、入っちゃえば？」

と入浴を勧める。

「疲れてるだろうし」

「別に洗い物くらい、できるよ」

「いいから」

事件が解決した夜くらい、のんびり過ごしてほしい。実に『刑事の妻』らしい気持ちを抱いている田宮の好意に高梨は甘えることにした。

「ほな、一緒に入ろか？」

「馬鹿」

入らない、と田宮にタオルを投げつけられるのも『お約束』で、高梨は苦笑しつつタオルを受け取ると一人、浴室へと向かった。

入浴を終え、リビングに向かうと、すでに後片付けを終えた田宮が一人ぼんやりとソファに座っていた。

「ごろちゃん」

呼びかけると、はっと我に返った様子で高梨を振り返る。

「俺も風呂、入ろうかな」

くつろいでいたという感じではなかったな、と高梨は、自分の横を通る田宮の腕を摑み、足を止めさせた。

「なに?」

「お風呂はあとにせえへん?」

にっこり、と微笑みながら強く腕を引き、己の胸に抱き寄せる。

「駄目だよ。結構汗かいてるし」

「ええて」

「ハンバーグくさいし」

「美味しそうでええやないか」

「せめてシャワーくらい……」

抵抗する田宮を軽々と抱き上げると高梨は、

「良平!」

と非難の声を上げる彼を無視し、真っ直ぐに寝室へと向かった。

「もう……」

そっとベッドに下ろす頃には、田宮も観念したようで、やれやれ、と溜め息を漏らしつつも覆い被さる高梨の背に両腕を回してきた。

「ごろちゃん……」

目を閉じる田宮の唇に唇を寄せていきながら、高梨はつい我慢できず、問いかけてしまった。

「大丈夫か？」

「……え……？」

田宮が閉じていた目を開き、真っ直ぐに高梨を見上げてくる。

「……話したくなかったら話さなくてもええよ」

キラキラと輝く大きな瞳に吸い込まれてしまいそうな気持ちに陥りつつ、高梨は己の本心を田宮に伝えていった。

「ごろちゃんが何かに悩んどる、いうんはわかる……けど、何にかはわからへん。僕ではなんの力にもなれへんかもしれんけど、話して楽になるんやったら話してもらえへんかな。逆に話すのもつらい、いうんやったら話さなくても勿論ええよ」

「……良平……」

田宮が少し困った顔になり、目線を高梨から逸らせようとする。

「かんにん」

もうええよ、と高梨が苦笑し、唇を再び近づけていく。

「…………」

キスの直前、田宮がぽつりと言葉を漏らした。

「自分でもよく……わからないんだ。もやもやとはしているんだけど……」

「……ごろちゃん？」

何がわからないのか。問いかけた高梨の胸を押しやり身体を起こすと田宮は、考え考え語り始めた。

「富岡が俺のせいで事件の容疑者になって、会社から謹慎を言い渡されて……なんとかしてやりたい、力になりたいと思っていたけど、結局は何もできないで終わってしまって。警察や、アランのおかげで犯人は逮捕されて富岡の謹慎処分は解けたから、結果オーライだと思うんだけど、なんていうか……」

ここで黙り込んだ田宮の肩を高梨が手を伸ばし、ぽんと叩いた。

「何かしたかった？」

「うん」

頷いた田宮に高梨は、次の言葉を問おうかやめようか迷い、結局口にしなかった。

『思い出したんちゃう？』

以前、自分が容疑者とされたときのことを。会社から謹慎処分を受けたときのことを。そして――そのとき親身になってくれた『親友』のことを。

実際、その親友が犯人であり、『親身』は演技だとあとからわかったが、田宮にとってはその『演技』こそが本物であるようだと高梨は当時思ったものだった。

田宮と『親友』との間の強い絆《きずな》は、親友が命を失った今となっても色あせることなく年を経るうちにますます堅固になっている感すらある。

自分には不可侵な領域だ。田宮の心に踏み込むことはすまい。高梨は心の中でそう呟くと、また手を伸ばし、田宮の肩を叩いた。

「ごろちゃんはごろちゃんのできることをした……僕はそう思うよ。悔いることなど何もないて」

「……そう……だよな」

田宮がじっと高梨を見つめる。

本人は自覚していないであろうが、縋るような眼差《まなざ》しに、高梨は心臓を鷲摑《わしづか》みにされたかのような錯覚に陥り、一瞬言葉を失った。

が、すぐに我に返ると、

「ああ」

と大きく頷き、手を載せたままになっていた田宮の肩をぎゅっと摑む。

「間違いない。僕が保証するわ」

そう言い、田宮の身体を抱き締めながらそっと体重をかけ、ベッドに押し倒していく。

守りたい——この世のありとあらゆる災厄からは勿論のこと、田宮の心を悩ませるありとあらゆるできごとの盾となり、彼の純粋な心を守りたいという衝動が今、高梨の胸に沸き起こっていた。

「ん……っ」

キスで唇を塞《ふさ》ぐと田宮はすぐに目を閉じ、高梨の舌に己の舌をからめてきた。今、田宮に必要なのは自分の言葉であり腕である。それでよかったのだ。そんなお前が好きなのだ。すべて肯定してやりたい思いを胸に高梨は田宮の唇を貪《むさぼ》るようにして塞ぎながら、彼から服を剝《は》ぎ取るべくシャツのボタンを外し始めた。

その手を上から田宮が握り、自分でやるから、と口づけを交わしたまま目を薄く開いて微笑んでみせる。了解、と高梨は頷くと、キスを中断し、自身も身体を起こして素早くスウェットを脱ぎ捨てた。

高梨が全裸になったとき、まだ田宮はシャツのボタンを外していた。

「狡《ずる》い」

風呂に入っていたため、脱衣が簡単なスウェットを着ていたことを言っているのだろう。口を尖らせる田宮のあまりの可愛らしさに、高梨の中で何かが弾《はじ》けた。

「うわっ」

そのまま田宮をベッドに押し倒し、貪り尽くす勢いで唇を塞いでいく。同時に手早くシャツのボタンを外しきり、ベルトも外してファスナーを下ろしたスラックスを下着ごと脚から引き抜くと、全裸にした田宮の胸にむしゃぶりついていった。

「あっ……や……っ……あっ」

乳首をちゅう、と音がするほど強く吸い、もう片方をきゅうっと抓《つね》る。

「やぁっ」

胸を強く弄《いじ》られるとことさら感じる体質の田宮は、早くも高い声を漏らし、背を仰《の》け反らせて己の体感する快感を伝えてきた。

「やっ……あっ……あぁ……っ」

絶え間なく胸をしゃぶり、時に歯を立て、舐《ねぶ》りまくる。指先で摘《つ》まみ、爪を立て、抓り上げる。

両胸に強い刺激を与え続けると、田宮の意識は早くも快楽に塗《まみ》れてきたようで、本人の自覚がないであろう状態で、いやいやをするように激しく首を横に振り、淫《みだ》らに腰をくねらせてみせた。

既に彼の雄は形を成し、熱く震えている。視界の端にそれをとらえた高梨は、両手で田宮の太腿《ふともも》をそれぞれに抱えると大きく脚を開かせ、今度は彼の下肢に顔を埋めた。

「あーっ」

すっぽりと口に含み、すぼめた唇で竿《さお》を刺激する。先端のくびれた部分を舌で舐《な》め回すと、田宮は堪《こら》えきれない、というようにまたも身体をくねらせようとした。が、がっちりと高梨が両脚を抱えているため腰を捩《よじ》ることができず、ベッドの上で身悶《みもだ》える。

「やぁっ……あっ……あっ……あぁっ」

尿道を舌先で抉り、手で竿を扱き上げる。ときに陰嚢《いんのう》を揉みしだき、裏筋をつつ、と舌で舐め下ろすと、田宮は髪を振り乱し、我慢できないというように背を仰け反らせた。

既に彼の雄は勃ちきり、先走りの液が滴《したた》っている。その液を掬《すく》って指先を湿らせると高梨は、田宮の雄を咥《くわ》えたままその指を彼の後ろへと向かわせた。

つぷ、と指をそこへと挿入させる。

「んんっ」

田宮は一瞬身体を強張《こわば》らせたものの、高梨がぐっと奥まで指を挿入するとすぐにその力は抜け、尚も高く喘《あえ》ぎ始めた。

「やだ……っ……あっ……もう……っ……やぁ……っ」

後ろを乱暴にかき回し、前を舌で、唇で攻め立てる。前後をこれでもかというほど攻められ、田宮は最早、達してしまいそうな様子で昂《たか》まっているように見える。

「一人……っ……じゃなく……っ……りょうへい……っ……りょうへ……っ」

ほぼ意識のないような状態で名を連呼され、高梨の昂まりも最高潮に達した。

一緒にいこう——そう言いたいのだろう、と目を上げると、田宮が高梨に向かい真っ直ぐに両手を伸ばしている。

涙に潤んだ瞳。紅潮した頰。息苦しいためか軽く開いた唇の間から赤い舌先が覗く。

エロティックすぎるその表情に、高梨の下肢が熱く疼《うず》き、気づいたときには身体を起こして田宮の両脚を高く抱え上げていた。

「良平……っ」

きて、と言いたげな目線を向けてくる田宮に、わかった、と頷く高梨の喉《のど》がごくりと鳴る。

数え切れないくらいに身体を重ねているというのに、未だに田宮のこうした表情に慣れることなく、都度《つど》堪えきれないくらいの昂まりを覚える自分に苦笑してしまいそうになりながら、高梨は勃《た》ちきった自身の雄を田宮の後ろに押し当てた。

「あっ」

ひくん、と田宮の後ろが震え高梨の雄を中へと誘おうとしているのがわかる。もう我慢できない、と高梨は田宮の両脚を抱え直すと、一気に彼を貫いた。

「あーっ」

コツン、と奥底に到達した手応《てごた》えを雄に感じた直後、激しく田宮を突き上げ始める。

「あっ……あぁ……っ……あっあっあーっ」

内壁を擦り上げ、擦り下ろされるときに生まれた摩擦熱があっという間に田宮の全身に回

ったらしく、彼の綺麗《きれい》な白い肌から汗が噴き出し、脚を抱える手がその汗で滑るようになってきた。

「もう……っ……あぁ……もう、もう、もう……っ」

二人の下肢がぶつかり合うときに、パンパンという高い音が室内に響き渡るほどの激しい突き上げに、田宮の喘ぎは切羽詰まり、シーツの上で身悶える身体の動きも激しくなる。

既に意識は朦朧《もうろう》としているようで、目の焦点が合っていない。高く喘ぐその声も、意味不明のものになってきた上、眉間にくっきりと縦皺が刻まれているのに気づいた高梨は、そろそろ田宮は快楽より苦痛を感じているのかもと察し、慌てて彼の片脚を離した。

その手で二人の腹の間で勃ちきっていた彼の雄を握り、一気に扱き上げてやる。

「アーッ」

すぐに田宮は悲鳴のような声を上げて達すると、華奢《きゃしゃ》な背中を大きく仰け反らせ、高梨の手の中に精を放った。

「く……っ」

射精を受けて田宮の後ろがきつく締まり、その刺激で高梨もまた達すると、彼の中に精を吐き出す。

「大丈夫か？」

うつろな目をし、はあはあと息を切らせている田宮に問いかけると、だんだんと彼の目の焦点が合ってきて、高梨を認識したのがわかった。

「……うん……」

にっこりとその大きな瞳を細めて微笑み、こくりと首を縦に振る。

愛らしい——本当にもう、めちゃめちゃにしてしまいたくなるほどに愛らしい、と昂ぶる自身を必死に押さえ込むと高梨は、まだ苦しげな様子の田宮の呼吸を妨げぬよう、唇に、頬に、額に、鼻に、細かいキスを数え切れないほど落としつつ、汗に濡れる田宮の身体をそっと抱き締めたのだった。


気遣いを見せはしたものの、結局そのあと高梨は田宮を二度求め、最後は恒例の『失神』となってしまった。

慌てて水を運び、頬を軽く叩くと、田宮はすぐに目を覚まし、大丈夫、と微笑んでみせた。

「最近、体力落ちてるのかなあ」

高梨に支えられて起き上がり、水を飲んだあとにまた、横たわる。

「疲れとるんちゃう？」

高梨もまた田宮の隣に身体を滑り込ませると、寝やすいように体勢を整えてやりながら、髪を優しくすいてやった。

「……良平がタフすぎるんだよ」

「僕は普通やと思うで」

「絶対それはない」

眠そうな声を出しつつも会話を続けていた田宮の声がここで止まった。

「ごろちゃん、寝た？」

きっと眠ったのだろうなと思いつつ問うた高梨の胸に顔を埋めながら、田宮がぽつりと呟いたのは、寝言だったのか、はたまた意識がある上での言葉だったのか——。

「……幸せで……ごめんな」

「ごろちゃん？」

なぜ謝る、と高梨は田宮の肩を摑み、顔を覗き込んだが、既に彼は眠っていた。

「…………」

起こすのは可哀想か、と溜め息を漏らす高梨の脳裏に、今聞いたばかりの田宮の細い声が蘇る。

誰に対する謝罪なのか——考えずとも高梨にはわかった。

今回の事件が、過去巻き込まれた殺人事件の記憶を呼び起こしたとわかるだけに、と溜め息を漏らす高梨の胸では、田宮が安らかな寝息を立てている。

ただ田宮の眉間にはまだ、縦皺が刻まれているようにも見える、と可愛らしくも美しいその顔を見下ろす高梨の口から、また溜め息が漏れた。

田宮の背負うものは共に背負いたいと願う。その気持ちは間違いなく伝わっていると思うのだが。

またも溜め息をつきそうになり、女々《めめ》しい上に田宮を起こす危険がある、と高梨は唇を引き結んで堪えると、せめて安らかな睡眠を与えてやりたいと田宮の身体を抱き直し、彼の額にそっと唇を押し当てるようなキスを落としてやったのだった。

翌朝、田宮と高梨が共に朝食をとっているとき、いきなりインターホンが鳴った。

「誰や？　こない早くに……」

訝りながら高梨がインターホンの受話器を取り上げる。

「あれ」

映った画像に高梨が戸惑いの声を上げたのに、田宮が、

「誰？」

と問いかけたのと、スピーカーから聞き覚えがありすぎるほどにある声が響いてきたのが

同時だった。

『おはようございます、富岡です！』

「富岡、お前なんだよ、こんな早朝から」

信じられない、と憤った声を上げた田宮を高梨が、まあまあ、といなしつつ、一体なんの用だとインターホンに向かって問いかける。

「どないしはりました？　こない朝早く」

『事件も解決したし、この時間なら高梨さんもいらっしゃるかと思って。五分ですむ話なんですが、ちょっと入れてもらえませんか？』

「…………」

どうする、と高梨が田宮を振り返る。

「…………」

なんだろう、と首を傾げる田宮に心当たりはないようだ、と察すると高梨は、

「ほな、どうぞ」

とオートロックを解除した。

「いいのか？」

田宮が眉を顰め、高梨に声をかける。

「追い返すゆうんも大人げないしな」

高梨が笑って肩を竦めたところで、玄関のチャイムが鳴った。

「僕にも用がある、言うてたな」

「わけわからないな」

二人して玄関に向かいながら会話を続ける。

「宣戦布告やろか」

「それ、もう散々してるし」

田宮もまた首を傾げるその前で高梨が玄関のドアを開くと、そこには神妙な顔をした富岡が立っていた。

「玄関先でかまいません。すぐ帰るので」

どうぞ、と中へと導こうとする高梨に富岡はそう笑顔で答える。

「どないしたん、富岡君。いつもとちゃうやないか」

礼儀正しすぎる。ふざけているのか、とうがった見方をした高梨に富岡は、

「一応、けじめなので」

と尚も礼儀正しく答えると、視線を田宮へと移した。

「田宮さん」

「なんだよ、こんな朝早くから」

やはりいつもと少し違う気がする。田宮もそう思いながら、自分はいつものように冷たい

言葉をかけてみる。

「すみません。お二人がいるときにと思いまして」

だが富岡は相変わらず『いつもの』彼ではない態度で田宮にも会釈をすると、訝る二人の前で、軽く咳払《せきばら》いをし、喋り始めた。

「今日は田宮さんに正式に返事をしにきました」

「正式な返事？」

なんのことだ、と首を傾げる高梨の横で田宮が、

「おい」

と眉を顰めつつ声をかける。

「もしかしてそれ……」

『友達では駄目か』の返事のことだろうか。察した田宮は一体何を言う気だ、と富岡を見やった。

「はい、その件です」

富岡はニッと笑って頷くと、すっと姿勢を正し口を開いた。

「あれから随分考えて、結論出しました。今後、僕はあなたとの間で友情を育てていくことにしたいと思います」

「友情て、富岡君？」

「…………」

なんのことだかわからないながらも、決して出るはずのない台詞が富岡の口から語られたことに驚き、高梨が大きな声を上げる。

一方言われた当人の田宮は、どうしたらいいのかわからないといった複雑な表情を浮かべ、富岡を見返していた。

「友情も愛情も同じ『情』という漢字が入ってるじゃないですか。相手を大事に思う気持ちにはかわりはない。寝るか寝ないか、その差かなと、気づいたわけです」

富岡だけがすらすらと、己の考えを述べていく。何を言うかを相当考えてきたのだろう、と察するのは高梨のみで、田宮はただただ呆然と彼の話を聞いていた。

「年取ったらどうせ勃たなくもなるだろうし、性欲だって減退するでしょう。そうなったらもう、愛情も友情も一緒なんじゃないかなと思うんですよね。寝る寝ないに限らず、これからもあなたの傍にいて、あなたとの間で思い出を積み重ねていきたい。それが僕の願いなんです。だって思い出は嘘をつかないから……そうでしょう？」

「…………あ…………」

ここで田宮は初めて、富岡が言いたいことを察し、思わず小さく声を漏らした。

思い出は嘘をつかない――親友として過ごしてきた里見との思い出は田宮にとって『嘘』ではない。彼はそう言いたいのではないかと気づいたのである。

富岡が里見のことを知っているとは思えなかった。が、知らないにしても富岡は自分に対し、『傍にいるために友情を選ぶ』という選択があるのだということを証明しようとしている。思い出を積み重ねることがその証明になるから——自分の迷いや苦しみを察した富岡の選択に気づいたとき、田宮の目からは堪えきれない涙が溢れ出ていた。

「ごろちゃん……」

高梨にはあとで説明しよう。両手で顔を覆いながら田宮は溢れる涙を隠し富岡に向かって頭を下げる。

「……ごめ……」

「謝るのは変です。謝るより、僕を友達だと認めてください」

さあ、と富岡が田宮の前にすっと右手を差し出した。

握手——涙を拭い、田宮は顔を上げるとその手をぎゅっと握り締める。

「やばい、まだ勃ちます」

ふふ、と笑った富岡が、敢えてふざけていることは、田宮にはよくわかっていた。

「馬鹿」

パシッと手を叩き、再びその手を握る。

「ありがとな、富岡」

「なんのことやら」

礼を言った田宮の手を富岡はぎゅっと握り返すと、すぐに離し視線を高梨へと向けた。

「そういうわけで、今日から僕と田宮さんは友達です。今まで以上にお宅にもお邪魔するかと思うんで、そこのとこ、よろしくお願いします」

ぺこりと頭を下げ、踵を返そうとした富岡の背に、高梨が声をかける。

「なんや今回は富岡君に、おいしいところを全部もっていかれた気がするわ」

「それ以外の『おいしいところ』は全部もってってるんだからいいじゃないですか」

肩越しに振り返った富岡は、高梨が自分の前にすっと右手を出してきたのに、少し驚いた様子で目を見開いた。

「ごろちゃんの友達は僕の友達やし」

「……それはどうかな」

苦笑しつつも富岡が高梨の手をぎゅっと握る。

「まあ、長い付き合いになるってことですしね」

「僕はなかなか勃たなくはならへん、思うけどな」

高梨もまたぎゅっと富岡の手を握り返した上で、いつものようにそんな挑発をしてみせた。

「やな感じ」

ふふ、と富岡が笑って高梨の手を離す。

「………………」

挑発に乗らないということは本気ということなんだな。察した高梨に富岡は、そのとおり、と小さく頷くと、

「それじゃ、朝からお邪魔しました」

と振り返って頭を下げ、玄関のドアを開いた。

「田宮さん、また会社で」

「ああ」

「謹慎処分が解けて、よかったですな」

頷く田宮の横から高梨がそう声をかけると、富岡は、

「なかなか針のむしろですけどね」

と苦笑し、肩を竦めた。

「アランが騒いだおかげで、全社に知れ渡ることになっちゃって。あいつもよかれと思ってしてくれただけに文句言う気はないですが、周囲の白い目に負けず頑張りますよ」

それじゃあ、と笑ってドアを出ようとしたその背に、田宮は思わず大きな声をかけていた。

「俺も一緒に立ち向かうから」

「ごろちゃん……」

思わず名を呼んだ高梨に、そして驚いた様子で振り返った富岡に、田宮はきっぱりと頷いてみせた。

「……ありがとうございます」

富岡が嬉しげに微笑み、頷き返す。彼の目が潤んでいることに気づいた田宮が何かを言おうとするより前に、富岡が、

「ついでに」

とふざけた感じで喋り出した。

「アランにも一緒に立ち向かってくださいよ。こんな会社辞めてアメリカに来い来いってうるさくて」

「そっちは自分で頑張れ」

「ひどっ」

冷たく言い捨てた田宮に、富岡がいつものように非難の声を上げる。

『いつも』と同じでいながら、最早『いつも』ではなく新しい関係を築き始めたことを、田宮と富岡は互いの目の中にはっきり確認し合った。

「それじゃあとでな」

「また会社で」

田宮が声をかけ、富岡が会釈をしてからドアを出ていく。

バタン、と閉まるドアを眺めながら高梨は、なかなかに複雑な思いを抱いていたものの、田宮の顔が晴れ晴れとしていることに気づき、ふっと笑いを漏らした。

「なに？」

　気づいた田宮が高梨を見上げる。

「いや……ほんまに今回は、富岡君にええところ全部、持っていかれた、思うてな」

「良平、あの……」

　嫌みを言ったつもりはなかったのだが、田宮がはっとした顔になり、高梨に富岡とのやりとりを説明しようとする。

「ええよ」

　聞く必要はない。田宮の顔に笑みが戻ったのだから。そう頷いてみせた高梨の顔にもまた、晴れ晴れとした笑みが浮かんでおり、こうして二人して明るく笑いあえる幸せを、田宮は改めてしみじみと噛みしめたのだった。

ライバル視

「どうしたのよ、新宿サメ。元気ないじゃない？」

ここは新宿二丁目のゲイバー『three friends』。開店間もないためか店内にいるのは店主のミトモとカウンターに突っ伏し嘆いている新宿署の刑事、納《おさめ》の二人きりである。

「それがよう」

ミトモは年齢不詳の美貌《びぼう》のオカマであるが、腕の良い情報屋としての顔も持つ。納も彼に何度となく捜査協力をしてもらっているのだが、類《たぐ》い希《まれ》なるメイクテクで作られているというミトモの『美貌』の下の素顔はまだ見たことがない、という程度の仲である。

ほとほと疲れ果てた顔を上げ、納がミトモに訴えかけようとしたそのとき、カランカランカラン、とカウベルの音が鳴り響き、店のドアが物凄《ものすご》い勢いで開いた。

「いらっしゃ……」

「納刑事！　やっぱりあなたはゲイじゃないですかっ」

ぎょっとしつつも店主として歓迎の声を上げたミトモの、その声をかき消すような朗々とした声が店内に響く。

「げっ」

納が潰《つぶ》れたカエルのような声を上げたのに驚きながらも、ミトモはドアのところから一歩も中に入ろうとしない男に声をかけた。

「あなた客なの？　客じゃないの？」

客じゃないなら出ていって。そう言いかけたミトモに男が一礼する。

「客ではありません。が、ここはバーのようですから、彼と話をする場合、僕も酒を注文するべきでしょうね」

つかつかとカウンターに歩み寄ってきた男を見て、ミトモがヒューと口笛を吹く。

「イケメンのガイジンさん、日本語がお得意のようね」

「納刑事と同じものを」

ミトモのからかいを完全に無視した男がそう告げ、納の隣に腰を下ろす。

「感じ悪いわね」

誰よ、とミトモが納に尋ねると、納はちらとミトモを、そして隣に座った男を見やったあと、しぶしぶといった口調でその名を告げた。

「アラン・ええと、なんだっけな。田宮《たみや》さんや富岡《とみおか》君の同僚だよ」

「アラン・セネットだ。納刑事」

「……一体なんの用だよ。そもそもなんで俺がここにいるのが……」

そこまで言いかけた納は、もしや、と、はっとしアランを見やった。

「まさかお前、俺にもＧＰＳを？」

「おかげで君がゲイとわかった」

言い切ったアランに納が、

「ゲイじゃねえよ」

と言い返す。

「ちょっと、全然話が見えないんだけど」

納のボトルからウイスキーを注《つ》いだグラスを、ほら、というようにミトモがアランの前に置く。

「安酒だな」

「本当に失礼ね」

ちらと見たきり手をつけようとしないアランを前に、ミトモが本格的に機嫌を損ねた声を上げ、鬱憤《うっぷん》を晴らすべく納を睨《にら》んだ。

「なんでこんな失礼な男、連れてくるのよ」

「連れてきてねえだろが。勝手に来たんだよ」

俺に言うな、と納が困り切った顔になりつつ、溜《た》め息《いき》を漏らす。

「勝手に？　ああ、そういやさっき、GPSとか言ってたっけ」

どうやら納も迷惑しているようだとようやく気づいたらしいミトモが、納に問いを重ねる。

「あんたたち、どういう関係なのよ」

「どういう関係もねえよ」

即答した納の声に被《かぶ》せ、アランのバリトンが店内に響いた。

「あっ」

カウンターから身を乗り出し、納を問い詰め始めたミトモが、

「ライバルって、なに？　新宿サメ、誰をこの失礼男と争ってるの？」

ミトモの仰天した声が店内に響き渡る。

「ライバルー⁇」

「ライバル関係だ！」

と思い当たった声を出す。

「ごろちゃんねっ？」

「違うっ！　つーか、そもそもライバルじゃねえしっ」

慌てて叫んだ納の横でアランが、

「ごろちゃんだと？」

と物凄い形相になり、納に食ってかかった。

「納刑事、あなたは吾郎《ごろう》に恋しておきながら、人の恋人に手を出したということですか」

「えーっ！　新宿サメ、やるじゃないっ！」

それは喜ばしいわ、と弾んだ声を上げるミトモを、

「してねえって」

と怒鳴りつけた納が、

「しているだろうっ」

と逆に怒鳴りつけてくるアランに今度は怒鳴り返した。

「誤解だし、そもそも富岡君は君の恋人じゃないんだろ？」

「富岡君？　ああ、あの、ちょっと小生意気ないい男？　って、えーっ！　あんた、富岡君に手を出したのっ⁇」

「だから出してねえって！　話がややこしくなるから入ってくんなよっ」

「許せない。しかもこの店に出入りしているということは君は確実にゲイだ。雅巳《まさみ》の純潔が穢《けが》されないかと心配だ……っ」

「いや、『純潔』は既にないと思うけど……」

あのキャラじゃ、と噴き出したミトモに納が慌てて叫ぶ。

「だから余計なことを言うなって！」

「やっぱり！　納刑事、君は雅巳に既に手を出しているとっ」

「だしてねえーっ」

納の絶叫が店内に響く。

「本当だな？」

確認を取ってくるアランに、答える義理はないと思いつつも、誤解されたくもなくて納は、きっぱりと頷《うなず》いてみせた。

「ああ、本当だ」

「よかった……」

神よ、と天を仰ぐアランに、ミトモと納、二人してしらけた目を向けてしまう。それに気づいたのか、アランはコホンと咳払《せきばら》いをすると、

「仕方ないんだ」

と、納にも、そしてミトモにも興味がない言い訳をし始めた。

「父が僕の恋心を認めようとしない。まずは雅巳が僕のパートナーとして相応《ふさわ》しい男かどうか調査するなどと言い出した。そんなことをしたら親子の縁を切ると宣言して帰国したが、あの親のことだ。何かしかけてくるに違いないのだ。しかも僕には時間がないっ」

「…………」

「…………」

憤るアランにかける言葉もなく、納とミトモが顔を見合わせる。

「だからこそ、雅巳に他の男の影などちらついていては困るのだ‼」

そんな二人にアランはそう叫んだあと、きつい眼差《まなざ》しを納に向け、こう宣言して寄越した。

「これからもきっちり、監視させていただく」

騒ぐだけ騒いで気がすんだ、というわけではないだろうが、そこでアランはポケットから財布を取り出した。

「支払いを」

「…………ブラックカード……」

ミトモが呆《あき》れた声を上げつつ、アランを見やった。

「あんた、どんだけエグゼクティブよ。あんたの親父《おやじ》さんって何やってんの？」

「たいしたことはない。米国でいくつか会社を持っているくらいだ」

「その『いくつか』がさぞ大きいんでしょうけどね」

ミトモはそう言うと、カードをすっと差し戻した。

「酒を飲んでもないのに、金は取れないわ。ぼったくりバーじゃあるまいし」

「チャージもいいと？　太っ腹な店だ」

そうは見えないが、とアランは笑うと、

「馬鹿にしてんの？」

と凄むミトモを無視してふっと笑い、そのまま店を出ていった。

「なんなのよ、あれっ！　てか、あんたいつの間にリア充になってんのよっ」

ミトモが憤慨して納に叫ぶ。

ここで納は、彼が富岡を見初《みそ》めて来日した米国の御曹司《おんぞうし》であることを説明した上で、

「リア充じゃねえから」

と、そのこともまた、弁明し始めた。

「前に富岡君と飲んでいるところに、あのアランが怒鳴り込んで来やがったんだよ。で、俺が富岡君に気があると誤解してよ。それから毎日毎日、ストーカーよろしく様子を見に来やがるんだよ。もう、うっとうしくてたまらねえ」

「なるほど。あんた最初、それ愚痴ろうとしてたのね」

ようやく納得した、と頷いたミトモが、

「で？　GPSって？」

と眉《まゆ》を顰《ひそ》め問いかける。

「アランは富岡君の動向を二十四時間探るため、宇宙衛星を打ち上げたんだってよ」

「グローバル！」

「グローバルどころか。宇宙だぜ」

「金持ちの考えることって、常識の範疇《はんちゅう》超えすぎてもう、わっかんないわねー」

やれやれ、と肩を竦《すく》めたミトモだが、

「でも」

と、アランの出ていったドアを睨むと、

「あれだけ性格悪くっちゃ、富岡君を振り向かせようったって無理よね」

と吐き捨てた。

「まあなあ。でもこの間富岡君が容疑者にされたときには、彼の働きで事件が解決したからな。富岡君への気持ちは本物だとは思うんだが……」

性格的に誰かが悪口を言われているとフォローせずにはいられない。そんな納の癖が出て、アラン相手にもついフォローしてしまったのだが、途端にミトモの目が三角になり、怒声が口から放たれた。

「何言ってるのよ！　ライバルを褒めてどうするのっ」

「ライバルーっ⁇　違うって言ってんだろっ」

どうしてそうなる、と慌てた声を上げた納の手を、ミトモはカウンター越しに身を乗り出し、両手でぎゅっと握り締めた。

「決めたわ！　私はサメ派！　きっと高梨警視もサメ派よっ！　あたしたちであんたと富岡君を応援するわっ」

「はあっ？　いらねえよっ！　なんだ、応援って……っ」

冗談じゃない、と首を横に振る納の手を離すとミトモは、彼がキープしているボトルを摑《つか》み、納のグラスにどばどばと酒を注いだ。

「お、おいっ」

「決起集会よっ！　今日からあたしは全力であんたと富岡君を応援するわよっ！」

そしてアランが手つかずで残したグラスにも更に酒を注ぎ入れると、そのグラスを摑み、強引に納のグラスにぶつけてきた。

「こ、零《こぼ》れるっ」

「乾杯！　あんた、頑張んなさいよっ！　あんな嫌みなブラックカードに負けるんじゃないわよっ」

「だからライバルじゃねえし、勝ちたくもねえしっ」

「何言ってるのよー！　勝たないと駄目でしょっ」

一気にグラスを空けるとミトモは、

「そうだっ！　高梨《たかなし》警視も呼ばなきゃっ」

とスマートフォンを取り出しかけようとする。

「やめろって！」

「だって決起集会だものっ」

「決起しねえし、高梨関係ねえしっ」

「もう、イライラするわねっ！　しっかりしなさいようっ」

「だからーっ！　誤解だって言ってんだろうがーっ」

叫ぶ納の声をまるっと無視したミトモが、自分のグラスに納の酒をどばどばと注いでまた、

「乾杯っ！」

とグラスを合わせる。

「てめえ、どさくさ紛れにボトル、空にする気だな？」

「何言ってんのよ！　景気づけよっ！　景気づけ‼　あ、富岡君を呼びましょっ！　でもって今後の作戦立てましょう！」

「立てねえしっ！　そもそも富岡君とはそういう仲じゃねえしっ」

「じゃあどういう仲なのよっ」

ミトモに叫ばれ、納は答えようとし――咄嗟《とっさ》に言葉を失った。

まだ『友人』の域には達していない気がするが『知人』というのはなんとなく寂しい。となるとなんになるのだ――？

以前も考えたそんなことを一人考える納のグラスに、いつの間にかまた酒を注ぎ足したミトモのグラスがぶつけられ、彼を我に返らせる。

「もう、新宿サメ、やっぱりあんた、新しい恋を見つけたのねっ」

沈黙をそうとったらしいミトモが、心底楽しそうに笑いながらグラスを一気に空けた。

「違うってっ！」

「応援するわよーっ」

空のグラスをカウンターに下ろし、ミトモが納に抱きついてくる。

「よせっ」

「今度こそ奥手なあんたの恋が成就するよう、高梨警視と応援しまくるからっ」

「だからなんでそこに高梨を巻き込むんだって」

違う、違うと叫ぶ納の声が空《むな》しく店内に響くも、ミトモは最後まで彼の否定を受け入れようとしなかった。

結局説得を諦《あきら》めるしかなく、そろそろ混《こ》み始めた店内で注目を集めるのも勘弁、と納は店を出ることにした。

「はい」

提示された請求金額を見て、納が深い溜め息を漏らす。

「てめえなあ」

「応援代も入ってるから」

パチ、と長い睫《まつげ》を瞬《しばた》かせ、ウインクしたミトモに、

「いらねえって言ってんだろが」

と捨て台詞《ぜりふ》を残し、納は店を出ようとした。

「自分の力で恋を成就させたいってことね」

その背にミトモが、うふふ、と笑いながら声をかけてくる。

「違うって何遍言やあいいんだ」

「あら、じゃ、やっぱり応援してほしいってこと?」

「違うっつーの」

もう、頭が痛くなる。納は吐き捨て、店を出ようとした。

「いいじゃないの。恋は素敵よ」

ねー、とミトモが常連客に相槌《あいづち》を求める。

「何が恋だよ」

まったくもう、と寂しくなった財布を懐《ふところ》にしまい、外に出た納は、やれやれ、というように空を仰いだ。

新宿二丁目のネオンに紛れ、夜空の星は見えない。

しかしどこかに自分を監視しているアランの衛星があるってことだよな、と気づき、とんでもねえぜ、と身体《からだ》を震わせると納は一人、家に戻るべく道を急ぎ始めた。

アランに一方的にライバル視されただけじゃなく、ミトモにも誤解され——てるんだかからかわれているんだか微妙なところではあるが——ニューボトルまで入れさせられた。

本当に今日はツイていない、と溜め息を漏らす納の耳に、ミトモの艶《つや》っぽい声が蘇《よみがえ》る。

『いいじゃないの。恋は素敵よ』

「素敵じゃねえっつーの」

冗談じゃない。恋のわけがないじゃないかと呟《つぶや》く納の頭の中で、もう一人の自分の声が響く。

『じゃあ、なんだ？　二人の関係は？』

「そりゃ……」

友達、と言いかけ、また躊躇《ちゅうちょ》している自分に気づき、納は、やれやれ、と溜め息を漏らす。果たして富岡は自分を、そして自分は富岡を、どう思っているのだか——。

「いやいやいやいやいやいやいやいやいや」

ミトモに毒されてどうする、と納は我に返ると、こうなりゃすぐにも『友達』になるしかない、と気持ちを固め、早々に富岡を飲みに誘おうと心に決めたのだった。


後日、納のもとに、当惑した様子の高梨からメールが届いた。

『ミトモさんから「チーム納」の会員証と「打倒アラン」の旗が来たんやけど、二人は富岡君を巡ってのライバルなんやて？　全然知らんかったわ。そないなことなら僕もごろちゃんと一緒に応援するさかい』

納が慌てて『ちゃうちゃうちゃうちゃうちゃうちゃう』とうそくさい関西弁での返信をしたのは言うまでもない。

アランの恋

「あ」

土曜日に出社せざるを得なくなり、憂鬱《ゆううつ》に思いながらフロアを入ると、がらりとしたフロア内にはただ一人、アランがいた。

アランは思わず声を上げた俺を振り返り、なんだ、というような、あからさまにがっかりした顔になったあと、向かっていたパソコンに目線を向けたが、すぐさま、バッと振り返ったかと思うと、

「吾郎《ごろう》が来たということは雅巳《まさみ》も来るかなっ？」

勢い込んでそう尋ねてきて、相変わらずだな、と呆《あき》れてしまった。

「知らないよ。別に約束したわけじゃないし」

「いや、吾郎が来ることがわかれば、きっと雅巳も来ると思う」

やたらときっぱり言い切るアランに、多分今日、富岡《とみおか》は来ないと思うけれど、と言いかけ、根拠がない上に、これで万一富岡が来ようものなら嘘《うそ》つき呼ばわりされるかと思い、彼のことは無視して本来すべき仕事に取りかかることにした。

俺のデスクはアランの隣になる。彼は何をしているのかとちらとパソコンの画面を見ると、どうやら見積もりを作成していることがわかった。

「ああ、それ、恵比寿の？」

確か今が佳境と言われている現場だ、と気づき、問いかける。

「ああ。父の我《わ》が儘《まま》に付き合わされて帰国させられたからね。少しでも遅れを取り戻さないと。他社に先んじて動きたいと思っているんだ」

アランはそう答えると、真面目な顔でキーボードを叩《たた》き始める。

「…………」

アランは自分の担当業務に関して、『裏技』というか『凄技《すごわざ》』というか、それこそ相手企業を買収するなどの手を使ったことがないのだった。

この会社に勤めることにしたのは、富岡に一目《ひとめ》惚《ぼ》れしたためではあるが、彼の仕事ぶりは意外にも真面目だった。

『意外にも』なんて言うのは失礼だが、富岡がピンチに陥るとすぐ、財力にものをいわせて解決する姿を目《ま》の当たりにしているだけに、ついそのような感想を抱《いだ》いてしまう。

そんなことを考えながらアランのパソコンの画面を見るとはなしに見てしまっていたからだろう。うるさく感じたらしい彼が、じろ、と俺を睨《にら》んできた。

「何か言いたいことでもあるのか？」

「いや、あるというかないというか……」

積極的に言いたいことはないのだが、聞いてみたいことはある。

「あるのかないのか？」

キーボードを打つ手を止め、アランが俺をまた睨んでくる。

今まで富岡が俺にべったりだったため、アランの俺に対する態度は日に日に厳しくなりつつあった。

しかし嫌みを言われるくらいで、ありあまる財力や権力で嫌がらせをしてくることはないので、軽く流せているのだが、そもそもそのバランスはどう取っているのか、と、それを聞いてみることにした。

「アランは真面目だよな」

「………」

話のとっかかりとしてはいい言葉ではなかったためか、アランが眉《まゆ》を顰《ひそ》め、訝《いぶか》しげに俺を見る。

「何が言いたい？　褒め殺しか？」

「褒めたつもりはないんだ。ただ、真面目に仕事してるなと思っただけで」

「そりゃ仕事は真面目にやらないとね」

さも当たり前だといわんばかりに言い切ったあと、アランは俺が何を言いたいのか、察したらしかった。

「ああ、なんだ。こんな見積もり作るんだったら、父の金で施主を買収すればいいのに？　そういうこと？」

「すればいいのに、とは思ってない。できるのにしないのは凄いなと言いたかったんだよ」

俺の言葉にアランは、

「そんなこと、僕のプライドが許すわけがないだろう」

不快そうにそう告げてから、自分の数々の行動を思い出したらしく、少々バツの悪そうな顔になった。

「確かに今まで、使いまくっていただけに、そう言われても仕方がないが」

「プライドをもって仕事をするのはいいことだと思うよ」

フォローのつもりもなかったが、そろそろ仕事に入りたくもあり、ここで俺は話を打ち切ろうとそう言い、パソコンに向かおうとした。

要は『誇り』がその基準だとわかったためだ。

が、アランは俺を解放してくれなかった。

「吾郎、君は恋をしたことがあるかい？」

「あるけど？」

いきなりなんだ、と視線をまた彼へと戻す。

「僕もある」

頷《うなず》いたアランは俺が視線を自分から逸《そ》らせるより前にとでもいうのか、すぐさま、

「雅巳に恋をする前にもあった」

と話を続けた。

「……そう」

別にアランの恋の話など興味がないんだけど。何より今日は仕事をするために、休日だというのに会社に来たのだし、という俺の心情などまったく無視し、アランが熱い口調で話し始める。

「だが成就することは殆《ほとん》どないんだ。僕の周囲に集まるのは、父の財力や権力目当てのビッチばかりだった。僕と結婚すれば一生贅沢《ぜいたく》ができる。結婚までいかずとも、僕と付き合えば豪華なプレゼントやディナーが堪能《たんのう》できる。誰一人として僕自身に興味を抱いてくれる相手はいなかった。女も男も。若者も老人も！」

「………老人もいたのか……」

ここは突っ込むところじゃないと思いつつ、ついそう言うとアランは、

「下は十三歳、上は九十歳だ」

と、本当なんだかジョークなんだかわからないことを言い、肩を竦《すく》めてみせた。

「…………そうなんだ…………」

他に相槌《あいづち》の打ちようがなくて頷くと、アランは悲愴感漂う顔のまま話を続けた。

「身元を隠して付き合っているつもりでも、相手はすぐさま僕が何者かに気づいてしまう。わかった途端、目の色が変わる男女を前に僕がどれだけの失望を味わったことか、吾郎、君にわかるかい？」

「……わからない……けど」

そんな体験したことがないゆえ、実感としてはわからない。が、嘆きたくなる気持ちはわかる。そう続けようとした俺だが、

「わかるわけがないな」

とアランに切り捨てられ、ちょっとだけむっとしてしまった。

「子供の頃からその繰り返しだ。僕は一人息子だからこの状態はずっと続くのだろう。もう恋などできるものか、と諦めていた。そんなとき、雅巳のFacebookを見つけたんだ」

「………………」

目を輝かせ始めたアランを横目に、俺はそっと自分のパソコンの画面を見ようとした。そろそろ本当に仕事を始めたかったのだが、アランはそれを許さなかった。

「ちゃんと聞いてくれ、吾郎。君にも関係のある話だ」

「お、俺？」

なんでアランの恋に俺が関係してくるのだ、と問いかけた俺は、返ってきた答えに思わず、怒りのあまり拳《こぶし》を握り締めてしまったのだった。

「雅巳のFacebookも、そしてTwitterも、君のことしか書いていない。雅巳の日常というより君の日常といったほうがいいようなSNSだった」

「……富岡…………」

あの野郎、と思わず呟《つぶや》いた俺にアランが、

「怒らないであげてくれ」

とフォローをし、話題を富岡へと戻した。

「Facebookの写真に惹《ひ》かれ、彼のページを見るようになった。最初は彼が片想いをしているとはまったく気づかず、恋人との思い出を綴《つづ》っているのかと思っていたんだよ。でもやがて、彼の完全な片恋であることがわかり、なんというポジティブシンキングな男だと、本格的に惹かれるようになった。相手にされなくてもされなくても立ち向かっていく、彼こそが真の恋の狩人だと」

「…………」

八時ちょうどの、と頭の中でメロディが流れる。噴き出しそうになったが、ここはきっと笑うところじゃない、と堪《こら》える。

が、アランには気づかれたようで、

「何が可笑《おか》しい」

と凄まれてしまった。

「いや、『狩人』が」

正直に答えたというのにアランは俺の答えになど興味がないらしく、

「だから」

とまた彼の恋へと話題を戻す。

「彼ならきっと、僕のバックグラウンドを知ったところで態度が変わるはずがないと確信した。結果、変わらなかった。僕にとってそれは奇跡だ。自分が好ましいと思う相手が、金や権力に興味を持たないんだ。今までの人生でそんな出会いはなかった！　きっと二度と彼のような男に出会うことはないだろう。だからこそ、なんとしてでも彼の心を手に入れたいんだ」

「…………それは…………」

富岡は確かに、金や権力で動くような性格じゃない。が、アランの財力や権力になびかないのは単に、アラン自身に今は興味がないからじゃあ——と思いはしたものの、それを本人に伝えることはさすがにはばかられた。

「彼が決して、僕のバックグラウンドに興味を抱くことがないとわかっているからこそ、彼のためなら親の金や権力を使いまくることができる。それで雅巳が幸せを感じてくれるのならそれが僕にとってはこの上ない喜びだ。生まれて初めて自分のバックグラウンドを頼もしく思ったよ。雅巳のために使える力があってよかった、と」

「逆に雅巳……じゃない、富岡はアランが財力や権力を使うことで引いてる気がするけれど」

なんだか矛盾しているんじゃないか、と思えて、俺はついそう呟いてしまった。

「なんだって？」

アランはむっとした顔になったものの、確かにそのとおりと思ったのか、はあ、と溜《た》め息《いき》を漏らし、ぼそりと呟く。

「……しかし、それならどうしたら彼を振り向かせることができるんだ？　他に恋する人がいる彼を……」

「…………」

苦悩するアランを前に俺は、やれやれ、と溜め息を漏らしそうになり、慌てて唇を引き結び堪えた。

今まで彼の恋は殆ど成就することがなかった理由がわかる気がする。確かに彼には、常人にはない物凄いバックグラウンドがありはするが、実際、それに最も囚《とら》われているのは彼自身ということなんだろう。

アラン言うところの、『今までの恋人』の中には、もしかしたら彼の財力に目が眩《くら》んだわけではないという人物もいたんじゃないかと思う。

それを見抜けなかっただけなんじゃないかと思うのだが、実際のところはわからない上に、それを今更言ったところで意味はない。

意味があるとすれば今後についてだ、と俺は考え考え、話し始めた。

「まずは富岡の希望を聞くことなんじゃないかな。サプライズは確かに嬉《うれ》しいものではあるけれど、聞かずに希望を叶《かな》えるんじゃなくて、どうしてほしいかをまず本人に確かめる。サプライズしたくてもできない立場に自分がいると仮定してさ。そうすりゃほら、相手に聞くしかないだろう？」

「聞いたところで『何もない』と言われるのがオチだよ」

アランががっくりと肩を落とす。その言いぶりでは実践済みではないな、と察し、そこで諦めては駄目だ、と俺は尚《なお》も彼を励ました。

「一度や二度、断られたからといって諦めるのはよくないと思う。不屈の闘志でいかないと」

「違う」

「違う？」

何が、と問うた俺は、アランの答えを聞き、思わず大きな声を上げていた。

「怖いんだ。もし、雅巳が僕のバックグラウンドに頼るような発言をしたらと思うと、とても怖くてできないんだ」

「あいつがするわけないだろうっ」

何を言ってるんだか、と呆れたあまり大声を上げた俺の横で、アランがあからさまにむっとした顔になった。

「雅巳のことなら自分が一番わかっているとでも言いたいのか」

「そうじゃなくて、アラン、本当にお前は富岡が好きなのかよ？」

それが信じられなくなったのだ、と告げるとアランは、

「心外だ」

と本気で憤った顔になった。

「だって今の言いぶりじゃ、富岡がアランの財力を頼りにしたら好きじゃなくなるってことだろう？」

「違う。試すようなことはしたくないというだけだ」

「試すってなんだ、試すって」

ああ、本格的にわかった、と俺は察し、本人にもわからせてやろう、とアランを真《ま》っ直《す》ぐに見据えた。

「今のままじゃ、お前の恋が成就する日は来ないよ」

「なんて酷《ひど》いことを！」

ますます憤った声を上げたアランが席を立とうとする。彼の腕を摑《つか》み椅子《いす》に座らせると俺は、今まで何がいけなかったのか、俺が思うところを伝え始めた。

「アランの恋は最初からフラットじゃないんだ。自覚があるのかないのかわからないが、アラン、お前は常に一段高いところから相手を見ている。それじゃあ、うまくいくものもいかないよ」

「……意味がわからない。僕が相手を見下しているということか？　そんな事実はないよ。だいたい吾郎、君に何がわかる？」

激昂《げっこう》するアランに、聞け、と俺は彼の腕を摑む手に力を入れ、話を続けた。

「今まで聞いた話から察したことだ。お前は自分が恋する相手が自分に相応《ふさわ》しいかをまず考えていないか？」

「君は今まで何を聞いていたんだ。相手のほうが僕のバックグラウンドに目が眩むという話をしたんだよ、僕は」

「だからそれだよ」

指摘するとアランが、意味がわからない、と眉を顰めた。

「どれだ？」

「お前は自分の恋人に『僕のバックグラウンドに目もくれない人』という条件をつけているじゃないか」

「それは……っ」

アランは何か言い返そうとしたが、確かにそのとおりだと気づいたのかそこで言葉を途切れさせた。

「さっきの富岡の話もそうだ。彼を試すようなことをしたくないというが、それは『試さないでおいてやる』というのと同じ意味だろう？　確かに今までお前の恋人の中にはお前の言うような男女がいたかもしれないけれど、お前自身が相手を『自分に相応しいか』という目で見ていたのだとしたら、相手にもそれが伝わってたんじゃないかと思うよ」

「……そんなつもりはなかった……」

そう呟きながらもアランは、俺の言いたいことを理解してくれたようだった。

「恋って、俺もそう経験あるわけじゃないけど、相手に条件とか求めた時点で、こう、うまくいかなくなってしまうもんなんじゃないかと、そう思うんだよな」

俺が今恋している相手は――愛している相手は、世間的にはアランとは違った意味で『物凄い』人だ。

でも、だから彼が好きになったわけじゃない。好きになった相手がたまたま、警視という高い階級の刑事だったというだけだ。

自身の体験談を語るのが一番、理解してもらいやすいだろうとはわかっていたが、ちょっと今回はできないな、と思いながら俺は、他に何か良い例はないか、と考えを巡らせた。

「…………吾郎…………」

アランが俺の名を呼び、じっと目を見つめてくる。

「なに？」

「……雅巳も、それが原因で僕を好きになってくれないのだろうか」

「…………」

富岡の場合は、もともとアランに対して興味がないんじゃないのかな、と思わないでもなかったが、さすがにそうは言えない。

「……ともかく、まずは財力を使うことをやめてみたらどうかな？」

そう言うとアランは、

「そうか……」

とどこか遠い目をし、ぽつりと呟いた。

「僕自身が、もっとも父の呪縛《じゅばく》に囚われていたのかもしれないな……」

「呪縛？」

財力や権力ということか？　と問いかけるとアランは、

「ああ」

と憂鬱そうな顔で肩を竦めた。

「一人息子だからね。父は本当に僕に対してべったりなんだ。僕の一挙一動を常に監視している。衛星どころじゃないよ。今日何を食べたか、何を飲んだか、誰と喋《しゃべ》ったか、それこそ、トイレの回数まで細かくチェックしているんだ」

「…………随分と……」

ヒマなんだな、と言いそうになり、慌てて堪える。

「事業に成功した父にとって今の関心事は僕だけなんだ」

言わずともアランには通じてしまっていたようだ。そう言うと、更に憂鬱そうな顔になり、言葉を続けた。

「今、父の最も高い関心は、僕の花嫁選びなんだ」

「花嫁？」

問いかけてから、すぐ、跡継ぎ問題か、と気づく。

「ああ。この間帰国させられたのも、見合いだったんだ」

アランは嫌そうな顔で、驚くべきことを教えてくれた。

「見合い？」

「ああ。名家の令嬢と無理矢理見合いをさせられそうになった。すぐ気づいて中止させたが」

「…………大変だな……」

他に言いようがなくそう言うと、アランは、

「本当に大変だ」

と溜め息をつき、やるせない顔になった。

「僕の行動を完璧に把握している父には当然、雅巳のことは気づかれている。僕のパートナーとして相応しいか素行調査をするというのは全力で止めてきたが、既にし始めているようで、少しも気持ちの通じない相手にいつまでうつつを抜かしているんだと怒られた。それでも好きなのだと突っぱねたら、条件を出されてしまった」

「条件？」

どんな、と問うた俺の横で、アランが机に突っ伏す。

「酷い条件さ。半年以内に雅巳を正式なパートナーとして自分の前に連れて来いというんだ。雅巳の両親と共に」

「え」

それは——限りなく不可能に近いような、と言いかけ、慌てて口を閉ざす。

「それができなかった時点で、父の望む相手と結婚をする約束をさせられた。が、どう考えても無理だ。第一、雅巳のご両親をどう説得する？　雅巳を僕の花嫁にしたいと言い、日本のご両親は、『はいそうですか』と言ってくれるものなのか？」

「いや、それ以前に富岡の気持ちじゃないかと……」

アランの斜め上すぎる嘆きを聞き、思わず突っ込んでしまった俺は、顔を上げたアランの表情にあまりに悲愴感が漂っているのを目の当《ま》たりにし、しまった、と口を閉ざした。

「わかっている！　そんなことは……っ」

「……悪い」

わかった上でのボケ——じゃない、逃避か。気づいてやれずに悪かった、と詫《わ》びた俺にアランは、やっぱりボケじゃなかったのかという言葉を口にし、俺を脱力させてくれた。

「雅巳はきっと僕を好きになってくれると思うんだ。僕がこんなにも愛しているのだから」

「…………」

その根拠のない自信こそ、さっき俺が言ったばかりの上から目線ということなんだが、アランは気づいていないようだった。

「半年だ。半年。そんな短い期限で、雅巳のご両親を説得することができるだろうか」

「……だから先に富岡を説得したほうがいいんじゃないかと思うよ」

無駄と思いつつそう言ったが、本当に『無駄』だったようでアランは、

「ああ、もう僕はどうしたらいいんだ……っ」

と再び机に突っ伏してしまった。

「雅巳……」

切なげに名を呼ぶ彼の声を聞きながら、俺は視線を自分のパソコンへと戻し、今、ここにいる目的を果たすべく、メールを開いた。仕事をしよう、と思ったのである。

「吾郎、雅巳には今の話、言わないでくれ」

と、横からアランのくぐもった声がし、俺はまたも彼へと視線を向けた。

机に突っ伏したままの体勢で、アランが言葉を続ける。

「半年の期限のことも、期限内に雅巳を紹介できなければ父の望む相手と結婚しなければならないことも、雅巳には教えないでほしい。これは彼が知るべきことではないから」

「……わかった」

それを知られた上で気持ちを受け入れてもらえたとしても嬉しくない。そういうことだろう。

彼のプライドなのだろうが、相変わらず上から目線ではあるにもかかわらず、今回はその『プライド』がなんとなく好ましく感じられた。

きっとアランというのはこういう男なのだ。高いプライドと高い自意識と、そして世間知らずな面を併《あわ》せ持つ。鼻持ちならない割りに、相手に対する思いやりは忘れない。

富岡に『知らせるな』という中にはプライド以外に『思いやり』も確かにあると確信できる。そこが、彼の憎めないところだろう。

果たして富岡に彼の気持ちが受け入れられるかはわからないけれど。

まあ、悪い奴じゃないと思う、そのくらいのことは伝えることができるかもしれない。そう思いながら俺はアランに再び、

「わかったよ」

と頷くと、突っ伏したままの彼の肩を、頑張れ、という思いでぽんぽんと叩いてやったのだった。

あとがき

はじめまして&こんにちは。愁堂れなです。

この度は四十九冊目のルチル文庫、そしてシリーズ十五作目となりました『罪な友愛』をお手に取ってくださり、本当にどうもありがとうございました。

久々のシリーズ新作（長編）となりました。今回、トミーが頑張っています。とても楽しみながら書かせていただきましたので、皆様にも少しでも楽しんでいただけましたら、これほど嬉しいことはありません。

陸裕千景子先生、今回も本当に素晴らしいイラストをありがとうございました！　どのイラストにもドラマがあって、めちゃめちゃ感激しました！

おまけ漫画も本当に楽しかったです。サメちゃーん（笑）！

これからも頑張りますので、何卒宜しくお願い申し上げます。

また、今回も大変お世話になりました担当のO様をはじめ、本書発行に携わってくださいましたすべての皆様に、この場をお借り致しまして心より御礼申し上げます。

最後に何より、本書をお手に取ってくださった皆様に御礼申し上げます。

ある意味、一区切りとなった本作ですが、いかがでしたでしょうか。ご感想をお聞かせいただけると幸いです。心よりお待ちしています！

次のルチル文庫様でのお仕事は、来月文庫を発行していただける予定です。

なんと！　ルチル文庫様での発行が五十冊目となりました。こんなに沢山の本を一レーベル様より発行していただけるのも、皆様の応援のおかげです。本当にどうもありがとうございます！

ルチル文庫様にも心より御礼申し上げます。

五十冊記念の企画も進行中ですので、どうぞお楽しみに。

罪シリーズも新作を発行していただける予定になっていますので、よろしかったらどうぞお手に取ってみてくださいね。

また皆様にお目にかかれますことを、切にお祈りしています。

平成二十六年二月吉日

愁堂れな

（公式サイト『シャインズ』http://www.r-shuhdoh.com/）

before
after
MIRROR
なっ
何じゃ コリャ…！
ウフフ
ライバルに勝つには まず外見から でしょ♡
だから ライバル じゃ…
あ〜
この際 アンタの本心は どーでも いーの！
何!?
とにかくアタシは トミーを奪われて 凹むアランが 見たいのよ!!!
最悪だな お前
あら名案じゃない！ あんた達が付き合えば フラれて傷心の アランはめでたく 帰国
一件落着よ？
…なら 付き合うフリ でいいだろ
バカね！ そんな小手先で だませる相手？
う…
あーもー
四の五の言ってないで ここは本気で 行きなさいよ!!

✦初出　罪な友愛…………書き下ろし
ライバル視………書き下ろし
アランの恋………書き下ろし
コミック…………描き下ろし

愁堂れな先生、陸裕千景子先生へのお便り、本作品に関するご意見、ご感想などは
〒151-0051 東京都渋谷区千駄ヶ谷 4-9-7
幻冬舎コミックス　ルチル文庫「罪な友愛」係まで。

幻冬舎ルチル文庫

罪な友愛

2014年2月20日　第1刷発行

✦著者　愁堂れな　しゅうどう れな

✦発行人　伊藤嘉彦

✦発行元　株式会社 幻冬舎コミックス
〒151-0051 東京都渋谷区千駄ヶ谷 4-9-7
電話 03(5411)6431[編集]

✦発売元　株式会社 幻冬舎
〒151-0051 東京都渋谷区千駄ヶ谷 4-9-7
電話 03(5411)6222[営業]
振替 00120-8-767643

✦印刷・製本所　中央精版印刷株式会社

✦検印廃止

ISBN978-4-344-83057-8　C0193　Printed in Japan

「幻冬舎ルチル文庫」
大好評発売中

発行●幻冬舎コミックス 発売●幻冬舎

「幻冬舎ルチル文庫」
大好評発売中
『罪な復讐』
愁堂れな
ある事件をきっかけに、恋人同士となり同棲中の警視庁エリート警視・高梨良平と商社マン・田宮吾郎は幸せな毎日を送っている。ある日突然、田宮は顔と本名がゲイサイトの掲示板に掲載されるなど悪質な嫌がらせを受けるようになる。その上、田宮が通い始めた英語学校の講師が殺され……!? 大人気シリーズ第5弾、待望の文庫化!!
本体価格571円+税
陸裕千景子 イラスト
発行●幻冬舎コミックス　発売●幻冬舎